CÍRCULO *Luna Parque*
DE POEMAS *Fósforo*

Poema de amor pós-colonial

Natalie Diaz

Tradução
RUBENS AKIRA KUANA

1ª reimpressão

11 Poema de amor pós-colonial

✳

15 Sangue-luz
17 Estas mãos, senão deuses
19 Catando cobre
23 Do campo do desejo
25 Manhattan é uma palavra lenape
28 Aritmética americana
30 Eles não te amam como eu
32 Pele-luz
35 Corre e atira

✳

39 O lamento de Astério
41 Como congregamos
44 Lobo OR-7
46 Tinta-luz
48 Os mustangues

50 Ode às ancas da amada

53 Dez motivos pelos quais indígenas são bons de basquete

56 Aquilo que não pode ser interrompido

61 A primeira água é o corpo

✳

73 Eu, Minotaura

77 Foram os animais

80 Como a Via Láctea foi feita

82 *peças do* Museu Americano da Água

94 Não é o ar também um corpo se movendo?

97 Cegonhas, mafiosos e uma câmera polaroide

100 A cura para a melancolia é tomar o chifre

102 Cintura e balanço

104 Se eu viesse até sua casa sozinha pelo deserto no oeste do Texas

106 Cobra-luz

114 Meu irmão, minha ferida

✳

119 Trabalho de luto

123 NOTAS DA AUTORA

130 AGRADECIMENTOS

134 Um rio é um labirinto é um sonho: notas do tradutor
Rubens Akira Kuana

Poema de amor pós-colonial

*Estou cantando uma canção que só pode nascer
após se perder um país.*

Joy Harjo

Poema de amor pós-colonial

Me ensinaram que a pedra de sangue cura uma mordida
                                                    [de cobra,
pode estancar a sangria — a maioria das pessoas
                                                [esqueceu disso
quando a guerra acabou. A guerra acabou
dependendo de qual guerra você está falando: as que
                                                    [começamos,
antes dessas, milênios atrás e além,
as que me começaram, que perdi e ganhei —
essas chagas sempre florescendo.
Me construí pela recompensa. Então eu travo o amor e
                                                    [o pior —
sempre outra campanha para marchar através
de uma noite no deserto pelo brilho do canhão de sua
                                                    [pele pálida
me acomodando numa lagoa prateada de fumaça em
                                                    [seu peito.
Desmonto meu cavalo negro, curvo-me a você, te entrego
a intensa tração de todas as minhas sedes —
Aprendi o verbo *Beber* em um país de seca.
Temos prazer em machucar, deixar marcas
do tamanho de rochas — cada uma um cabochão polido
por nossas bocas. Eu, sua lapidária, seu disco de lapidação
girando — verde salpicado de vermelho —
os jaspes de nossos desejos.
Existem flores silvestres em meu deserto
que levam até vinte anos para florescer.
As sementes dormem como geodos sob a cálida areia
                                                    [feldspática

até uma enxurrada repentina atingir o arroio, levando-as
em sua corrente cúprica, abrindo-as com memória —
elas se lembram o que seu deus sussurrou
em suas costelas: *Acorde e sofra por sua vida.*
Onde suas mãos estiveram há diamantes
em meus ombros, em minhas costas, coxas —
Sou sua culebra.
Estou na poeira por você.
Suas ancas são claras como quartzo, perniciosas,
dois carneiros de chifre rosa subindo uma lavagem suave
[do deserto
antes do céu de novembro desatar um dilúvio de cem
[anos —
o deserto retornou de repente ao seu antigo mar.
Surge o selvagem heliotrópio, a erva-escorpião,
phacelia azul que segura o roxo do mesmo jeito que uma
[garganta consegue
segurar o formato de qualquer mão grande —
Mãos grandes foi como ela chamou as minhas.
A chuva eventualmente virá, ou não.
Até lá, tocamos nossos corpos como chagas —
a guerra nunca acabou e de alguma forma começa
[outra vez.

*Nós admitimos que éramos seres humanos
e derretemos por amor neste deserto.*

Mahmoud Darwish

Sangue-luz

Meu irmão tem uma faca na mão.
Ele decidiu esfaquear meu pai.

Essa podia ser uma história bíblica,
se já não fosse uma história sobre estrelas.

Eu choramingo alacraus — os escorpiões estrondeiam
no chão como tesouras metálicas amarelas.

Eles caem de ponta-cabeça em cima de suas costas e
[olhos,
mas se contorcem e viram de volta suas barrigas
[fracionadas.

Meu irmão se esqueceu de calçar sapatos de novo.
Meus escorpiões o circundam, chicoteiam seus
[calcanhares.

Aquilo que pica em mim está nos escorpiões —
e derruba meu irmão no chão.

Ele se levanta, ainda segurando a faca.
Meu pai correu para fora de casa,

rua abaixo, chorando como um faroleiro —
mas ninguém acendeu suas luzes. Está escuro.

A única luz restante está nos escorpiões —
também resta uma pequena luz na faca.

Agora meu irmão quer me dar a faca.
Alguém poderia dizer, *Meu irmão quer me esfaquear.*

Ele tenta me entregar a faca — como se fosse uma coisa boa.
Tipo, *Você não quer um pouco de luz na sua barriga?*

Da forma como Órion e Escorpião —
através da noite escura — ultrapassam o sol.

Meu irmão afrouxa a boca —
entre seus dentes, pulsa Antares vermelha.

Um modo de abrir o corpo às estrelas, com uma faca.
Um modo de amar uma irmã, ajudá-la a sangrar luz.

Estas mãos, senão deuses

Elas não se moveram como rios —
como glória, como luz —
sobre os sete dias do seu corpo?

E não foi bom?
Elas em suas ancas —

não foi isso que Deus sentiu quando cerrou
o primeiro Bem-amado: *Tudo*.
Febre. Vapor. *Atman. Pulsus.*
Enfim um pecado pelo qual vale a pena sofrer, um fervor,
uma doçura — *Você é minha*.

É difícil não botar fé nisso:
da argila marrom-azulada da noite
essas duas oleiras te apertaram e te alisaram
até o ser — moer, então curvar — construíram sua forma —

atlas de ossos, campos de músculos,
um seio uma figueira, o outro um rouxinol,
ambos manhã e entardecer.

Ó, o belo que elas fabricam,
de impulso e talha, miséria e astros.

Não são elas, também, as carpinteiras
de sua pequena igreja? Não queimaram
no altar de seu ventre, comeram o pão
de suas coxas, te instruíram o vinho, o ícore,
o festim nectarino?

Não prenderam seus pulsos, não
te puseram de joelhos?

E quando essas mãos tocaram sua garganta,
te mostraram como pegar a maçã *e* a costela,
como deslizar um polegar em sua boca e provar tudo,
você não cantou seus noventa e nove nomes —

Zahir, Alef, mãos-vezes-sete,
Esfinge, Leónidas, locomotura,
Rubídio, Agosto e Setembro —
e quando você clamou, *Oh, Prometeicas,*
elas não trouxeram fogo?

Estas mãos, senão deuses, por que então
quando você veio até mim, e eu lhe devolvi
àquilo de que você veio — lama branca, mica, minério
                                   [e sal —
por que então você sussurra, Ó, minha *Hecatônquira.*
                             [*Minha Centímana.*
Minha Divindade de Cem-Mãos?

Catando cobre

Meus irmãos têm
uma bala.

Eles mantêm essa bala
em uma coleira brilhante
como um látego de sangue.

Meus irmãos passeiam a bala
mancando — um ílio
lascado.

A bala dos meus irmãos
é uma CDF, pura geometria,
de longe é só uma abelha
e seu ferrão. Como uma abelha —
você deveria ver a bala dos meus irmãos
fazer uma colmeia, mastigando fendas
no que é doce.

Meus irmãos perdem
a bala o tempo todo —
quando a bala foge deles,
a bala deixa um buraco.

Meus irmãos reviram suas casas,
seus corpos atrás da bala,
e um pequeno fantasma vermelho se lamenta.

Por fim, meus irmãos chamam,
Aqui, bala, aqui —
a bala vem correndo, zunindo.
A bala sempre volta
para eles. Quando a bala volta
para eles, a bala
deixa um buraco.

Meus irmãos são lentos demais
para a bala
porque a bala está com pressa
e quer tomar a dianteira.

A bala de meus irmãos está vestida
para o tapete vermelho
numa jaqueta de cobre.
Meus irmãos dizem para a bala,
*Cuidado não vá machucar alguém
com toda essa pressa.*

Meus irmãos beijam a bala
numa rua escura e sem saída, em frente
à máquina de gelo da loja da esquina,
no banco do carona em seu carro,
numa balada com luz estroboscópica.
A bala dos meus irmãos
dá de volta um beijo neles.

Meus irmãos dançam *break*
para a bala deles — o *jerk*
e a *stanky leg*. Eles estouram, trancam
e caem pela bala,

um movimento que os faz se contorcer
no chão.
A minhoca, meus irmãos dizem.
Meus irmãos vão minhoca adentro
pela bala deles.

A bala dos meus irmãos é registrada,
é uma bala de letras — tem um *PD*,
um *CIB*, um *GSW*, se eles estão com sorte
um *EMT*, se não, um Triplo 9, um *DNR*,
um *DOA*.

Meus irmãos nunca chamam os canas
para prender a bala, em vez disso, juram
aliança com a bala
as mãos sobre o peito
e barriga e garganta.

Meus irmãos falam que morreriam
pela bala. Se meus irmãos morressem,
a bala ficaria perdida.
Se meus irmãos morressem,
não haveria bala para início de conversa —
a bala é para irmãos vivos.

Meus irmãos alimentam a bala
do jeito que touros alimentam Zeus —
queimando, em uma pira, seus próprios
fêmures enrolados em gordura.
Meus irmãos se ajoelham, se curvam
sobre o asfalto, se prostram
sobre o concreto pela bala.

Não iríamos tão longe
a ponto de chamar a nossa bala
de profeta, meus irmãos dizem.
Mas a bala de meus irmãos
está sempre acesa como uma igreja noturna.
Ela transforma meus irmãos em santos.

Alguém poderia dizer que a bala de meus irmãos
os purifica — tal qual formigas vermelhas
limpam a cumbuca branca vazia
da órbita ocular de um coiote morto.
Sim, a bala de meus irmãos
purifica e deixa cada um deles
pronto para Deus.

Do campo do desejo

Já não chamo isso de *sono*.
      Arriscarei perder algo novo em vez disso —

como você perdeu sua lua rosada, livrou-se dela.

Mas às vezes quando enfio meus chifres em alguma coisa —
um espanto, uma dor ou uma linha — é uma pegajosa
                                    [e arruinada
      fruta para se desgarrar,

apesar do meu tremor.

Deixe-me chamar minha ansiedade de *desejo*, então.
Deixe-me chamá-la, *um jardim*.

Talvez Lorca estivesse pensando nisso
      quando disse, *verde que te quiero verde* —

pois, quando chega a sombra da noite,
sou um campo verde, aflição pronta para florescer em
                                      [meu peito.

Minha mente no escuro é *una bestia*, distraída,
      cálida. E se não for submetida à exaustão

sob as ancas e o arado de minha amante,
então sou outra noite vagando pelo campo do desejo —

pasma em seu baixo fulgor verde,

bramindo o prado entre a meia-noite e a manhã.
A insônia é como uma primavera — surpreendente
e de muitas pétalas,

o chute e o salto de gafanhotos áureos em minha testa.

Sou atingida nas horas enfeitiçadas do anseio —

Quero sua vida verde. Ela dentro de mim
em uma hora verde que não posso parar.
Veia verde em sua garganta asa verde em minha
[boca

verde espinho em meu olho. Desejo-a como um rio corre,
[dobrando-se.
Verde movendo verde, movendo-se.

Rápido assim, é assim que acontece —
soy una sonámbula.

E mesmo que você tenha dito que hoje se sentia melhor,
e é tão tarde neste poema, tudo bem ser clara e direta,
dizer, *eu não me sinto bem,*

pedir que você me conte uma história
sobre a erva-doce que você plantou — e contar de novo
ou de novo —

até que eu consiga sentir o cheiro dessa doce fumaça,
abandonar este campo destruído, e ficar serena.

Manhattan é uma palavra lenape

É dezembro e devemos ser fortes.

A rosa de luz da ambulância
floresce contra a janela.
Seu solitário canto de sereia: *Ajude-me.*
Uma sombra vermelho-seda descravando como água
pelo pomar de sua coxa.

Ela vem — à luz verde, uma leoa.
Eu adormeço as abelhas dela com minha boca de fumaça,
mergulho mel com minhas mãos docemente aferroadas
na colmeia escura.
Do que come, eu como. O que significa,
Ela é minha, colônia.

As coisas que eu sei não são fáceis:
sou a única indígena
no oitavo andar deste ou de qualquer hotel,

olhando de qualquer janela
de um prédio da virada do século
em Manhattan.

Manhattan é uma palavra lenape.
Mesmo um relógio deve ser ajustado.
Como pode um século ou um coração girar
se ninguém pergunta, *Para onde foram
todos os indígenas?*

Se você está onde está, então onde
estão aqueles que não estão aqui? Não estão aqui.
É por isso que nesta cidade eu tenho
uma porção de amantes. Todos os meus amores
são amores de reparação.

O que é a solidão, senão uma luz
inimaginável, medida em lúmens —
uma conta de luz que deve ser paga,
um táxi flutuando através de três pistas
com os postes acesos, douradas de querer.
Às duas da manhã todas as pessoas em Nova York
estão vazias e procurando por alguém.

Outra vez, a mesma nota ampla da sirene:
Ajude-me. Que significa, *Eu tenho um presente
e é o meu corpo*, feito de duas mãos
de deuses e bronze.

Ela diz, *Você me faz sentir
como um raio*. Eu digo, *jamais
quero fazer você se sentir tão branca assim*.
É tarde demais — não consigo parar de ver
os ossos dela. Estou contando os carpos,
os metacarpos de sua mão dentro de mim.

Um osso, o osso lunato, tem esse nome
graças à sua silhueta crescente. Lunatus. Luna.
Algumas noites ela sobe assim em mim,
feito encrenca — um lento fluxo luminoso.

O poste acena para o solitário
coiote que vaga pela West 29th Street
oferecendo seu longo pulso de luz.
O coiote responde erguendo a cabeça
e chorando estrelas.

Em algum lugar longe de Nova York,
um drone americano encontra e então ama
um corpo — o néctar radiante que procura
através da imensa escuridão — faz
um tempo de vela, e queima
gentilmente ao seu lado, como um toque americano,
um calor insuportável.

A canção da sirene reacende em mim,
eu canto através da garganta dela: *Eu sou
o que eu amo? É este o mundo cintilante
pelo qual venho implorando?*

Aritmética americana

Indígenas são menos de
1 por cento da população dos Estados Unidos,
0,8 por cento de 100 por cento.

Ó, meu país eficiente.

Não me lembro dos dias antes da América —
Não me lembro dos dias em que estávamos todos aqui.

A polícia assassina mais indígenas
do que qualquer outra raça. *Raça* é uma palavra engraçada.
Raça quer dizer que alguém vai ganhar,
quer dizer, *Eu tenho tanta chance de ganhar quanto* —

Mas como alguém pode ser raçudo sem ter raça?

Indígenas são 1,9 por cento de todo
genocídio policial, o maior índice racial per capita —

algumas vezes *raçudo* quer dizer *corra*.

Não sou boa em matemática — e a culpa é minha?
Tive uma educação americana.

Somos americanos, e somos menos de 1 por cento
dos americanos. Fazemos melhor negócio morrendo
pelas mãos da polícia do que existindo.

Quando estamos morrendo, quem deveríamos chamar?
A polícia? Ou o nosso senador?
Por favor, alguém, chame minha mãe.

No Museu Nacional do Índio Americano,
68 por cento da coleção vêm dos Estados Unidos.
Estou fazendo o melhor que posso para não me tornar
um museu
de mim mesma. Estou fazendo o meu melhor para inspirar
[e expirar.

Estou implorando: *Deixe-me ficar só, mas não invisível.*

Mas, em uma sala americana com cem pessoas,
eu sou nativa americana, indígena — menos do que uma,
[menos do que
inteira — eu sou menos do que eu mesma. Apenas uma
[fração
de um corpo, digamos, *Sou apenas uma mão —*

e quando deslizo por baixo da camisa de quem amo
desapareço completamente.

Eles não te amam como eu

Minha mãe dizia
muito antes de Beyoncé copiar os versos
da banda Yeah Yeah Yeahs,

e o que minha mãe quis dizer com
Não se perca era que ela sabia
tudo sobre o assunto — a sensação de precisar

de alguém que te ame, alguém
não do *seu tipo*, alguém branco,
um alguém ou vários alguéns que vivem

porque muitos dos meus
não viveram, além do mais, vivem em cima
dos nossos que não vivem.

Direi, direi, direi,
Direi, direi, direi,
O que são os Estados Unidos senão um coágulo

de nuvens? Senão leite derramado? Ou sangue?
Senão um lugar onde já fomos
da casa dos milhões? A América é como a canção "Maps" —

Mapas são fantasmas: brancos e
sobrepostos de pessoas e lugares através dos quais
                                        [consigo ver.
Minha mãe sempre soube melhor,

soube que eu estava implorando por eles,
para deitar meu rosto contra seu colo
branco, para ser acolhida em algo além

da luz alta de seus projetores,
enquanto eles piscam — sépia
ou azul — sobre todo o meu corpo.

Todo esse tempo,
achei que minha mãe dizia *Pera aí*,
como em *Dê-lhes um pouco mais de tempo*

para aprenderem seu valor,
quando, na verdade, ela dizia *Pesa aí*,
no sentido de *avalie*, preparando-me

para meu próprio jugo,
o animal de carga da minha pátria,
o que é menos pior que

seu arado. Sim,
quando minha mãe dizia
Eles não te amam como eu,

ela queria dizer
Natalie, isso não significa que
você não seja boa.

Pele-luz

Por toda a minha vida obedeci —:

  é cada caçada. Eu me movo por baixo
  como um jaguar se move, na escura
    lâmina líquida através dos ombros.

O campo de garimpo aberto e o resvalar da mão,

  luz-frutada e acesa por foice.

Eu cheguei a esse lugar feito por deus —:

  Teotlachco, o pátio da bola —:
  porque a luz chamou: *para a luz!*
    e habita aqui: Terra-Lume.

Tocamos a bola de luz
uma para a outra —: corpos partidos, golpeados pelo desejo
  e acariciados ao fulgor.
    A luz remodela o cotovelo de quem amo,

  um apito de latão.

Coloco minha boca lá —: cheia de clemência, e chegamos

  à luz. Flui por mim.
  Uma urgência de escorpiões —:
    luz-célere. Uma lufada de ar —:
      criadora de deus.

A luz bate nas ancas dela —: pula uma jaguatirica
esculpida em calcedônia e magnetita.
Quadril, calcário e precipício,

escorrem feito luz pela sua coxa —: caixa de luz, rente
[à pele.

O vento chacoalha a cabaça,
irrompe a luz para ondular —: atinge a luz,
então dispersa.

Esta é a guerra para a qual nasci, a pele dela,

seu luzir de lago. Eu desejo —: tenho sede.
Ser preenchida —: poço de luz.

A luz lateja por tudo, e cantigas

contra seu corpo, cingindo a patela.
Nossos corpos —: colhidos pela luz, rejeitados pela luz.
O hematoma —: violeta, flor
bilirrubina.

Obra de todos os bons jugos —: sangue-luz —:

para nos fazer pensar que cabe a nós guardar a dor,
armadilhas de luz, alumiadas.
Que eu pedi por ela. Que eu a detenho —:
tratante de luz.

Sou luz agora, ou estou junto da luz —:

cabeça de luz, láurea de luz.
Assolada e abandonada pela luz.

O milho doce em fluorescência —: uma erupção
de luz, ou seu festejo,
    a partir do caule
        da garganta de quem amo.

E eu, comedora de luz, amante de luz.

Corre e atira

Aprendi a jogar basquete na reserva indígena, nas quadras ao ar livre onde o céu era nosso teto. Só o lance de uma criança da aldeia consegue traçar uma parábola feita de céu. Jogávamos no parque da reserva contra uma tabela pichada e com rede de corrente, onde assisti a um garoto hualapai de Peach Springs cravar a bola calçando um par de chinelos, escorregar no concreto liso e cair sobre o próprio pulso. Seu osso radial fraturou-se e perfurou a pele feito uma presa, o que não o impediu de lançar o outro braço no ar e gritar *Aqui é Mão Santa, caralho!* antes de algum adulto o levar correndo até o pronto-socorro.

Joguei no pátio abandonado da escola onde havia uma cerca de dois metros e meio que tínhamos de pular, e lá rasguei tantas bermudas no arame, e quando meu irmão mais novo ficou preso tentando descer, meu primo e eu o deixamos pendurado pelo cós da cueca por uma partida inteira. E se aquele primo não tivesse tido uma overdose de heroína alguns anos mais tarde, talvez ele pudesse ter sido o primeiro Jordan da reserva de Forte Mojave, provando que estávamos certos.

Fui atropelada pelo meu irmão mais velho na frente da nossa garagem, o mesmo irmão sobre o qual escrevo agora, que me ensinou que não há nada fácil em nosso deserto, que bloqueou todos os arremessos que lancei contra ele até que eu tivesse uns doze anos de idade. Àquela altura, os vícios tinham acabado com o jogo dele, enquanto eu encontrava o meu.

Aprendi o jogo com meus irmãos e meus primos, com meus amigos e inimigos. Tínhamos tênis surrados e meias que não combinavam. Nossos joelhos viviam ralados e lambíamos nossos lábios rachados. Éramos pequenos, mas aprendemos a jogar bem o suficiente para vencer as crianças brancas mais velhas e maiores no centro recreativo da "Colina" — para chegar até lá, cruzávamos embaixo da rodovia I-40, pelos trilhos do trem e através de um grande areal.

Jogávamos cada vez melhor, até que começamos a vencer. E vencíamos fazendo o que todos os indígenas fizeram contra seus oponentes brancos e maiores — viramos coiotes e rios, e corríamos mais rápido que seus tênis chiques podiam correr, pra cima e pra baixo da quadra, jogo após jogo. Viramos o clima — sopramos por eles, chovemos baldes, acendemos o ginásio com nossos movimentos.

Aprendemos uma coisa mais importante do que dar murros, ao menos naquela idade. Aprendemos a fazer de nossas mãos armas, e puxávamos o gatilho pra cima dos pulos o dia inteirinho. E quando falavam sobre nosso estilo de jogar, chamavam de *Corre e atira*, e aquilo os esgotava antes mesmo de pisarem na quadra. Só de pensar em um racha contra nós, os garotos brancos do fundamental e do ensino médio iam dormir. Enquanto eles dormiam, nós jogávamos nossos sonhos.

*Meu país precisa de mim e, se eu não estivesse aqui,
Eu teria de ser inventada.*

Hortense Spillers

O lamento de Astério

Tu te curvas — fluindo e cheia —

como Teseu não encontrou alegria em ti?

Deixes que eu seja tua doce capitã, balsa

o fio ultramarino que tu deslindaste

da tua meada — para guiar as mais perdidas por meio

do labirinto de teu corpo.

Vá em frente, sempre para baixo, tu disseste.

Sei que outro nome para o *sagrado* é água —

Sofri a dor cálida da sede.

Apenas aquelas sem boca não se ungiriam

com tua boca, não desceriam o verde-violeta

ziguezagueando os pontais de tua clavícula,

não descascariam seus seios nem cairiam sobre tua praia.

Estou viva, e com vontade de beber

da correnteza que jorra do esterno até o mamilo —

descalça, deslizo para fora de minha camisa, zonza

pelas tiras verde-prata que nadam em

teus pulsos. Como cada arroio cintilante entorna

nas taças de ágata de tuas palmas. Naufragarei

o profundo canal que dobra as dunas de areia

de tuas ancas, até o molhe das tuas coxas.

Em tuas mãos sou um navio que chega,

um barco vazio, disposta a ser timão ou timoneira,

atracada, presa — acorrentada e preenchida.

Mais peregrinação do que errância. Mais piedade

do que assombro. Seguirei este mapa úmido de ti

ao longo do que resta das galerias da minha vida.

E se fores capaz de fechar teus olhos para a Minotaura

em mim, com seus chifres espiralados, serei capaz de te
[achar.

Vá em frente, sempre para baixo, nós iremos,

até a beleza e o consolo de um apetite monstruoso.

Como congregamos

Minha amante vem até mim como o anoitecer — longa-
[mente,

e pela minha janela aberta. Mainel, travessa.

Uma boa janela deixa que o exterior participe.

Conto o tempo nos relógios de hematita de seus ombros.

E já fiz tanto com isso — *tempo*. Seu ílio

direito é um farol, varrendo-me, me encontra.

Só escapei através de seu corpo. E se

parássemos de dizer *brancura* para que isso significasse
[*qualquer coisa*.

Por exemplo, se você quer dizer leite de magnésia, diga

leite de magnésia, ou *neve*, ou eles feriram outro

de nós, ou a lua minguante é fumaça

sobre a água suja, ou a umidade perolada que ela laça

em minha garganta, meu rosto. *Mi caracol*. Eles pensam

que pessoas marrons fodem melhor quando estamos tristes.

Como cavalos. Ou coiotes. Só casco ou uivo. Só

boca presa no cabelo, ou no cangote,

alisado com laterina. Você pergunta, *quem são eles?*

mesmo já sabendo a resposta. Você quer que eu dê nomes

aos bois. Ora, nossos nomes vêm deles. Você acha

que meu Criador já tinha ouvido a palavra *Natalie*? Ah!

Quando ele me fez a primeira vez, ele me chamou de
[*Cobra* —

e então prometeu que a vida após a morte seria revertida,

o sul viraria norte, cheio de melões parrudos e brilhantes.

Colha um melão e outro melão cresce

em seu lugar. Mas é difícil, não é? Não performar

o que eles dizem sobre nossa tristeza, quando estamos

sempre tão tristes. É um trabalho duro não performar

uma fábula. Pergunte à tartaruga. Pergunte à lebre. Lembre

a si mesma e a seus amigos: Às vezes me sinto veloz.

Às vezes sou tão *lenta*. Às vezes sou derrubada

na rua. Para sempre recebo a chaga que eles penduram

em meu peito. Lembre a si mesma, a seus amigos.

Eles só são claros porque nós somos escuros.

Se não existíssemos, não demoraria muito até

eles terem de nos inventar. Como o interruptor de luz.

Sim, nosso Criador diz *Reino* e nós chegamos lá.

Lembre a nossos amigos. Fodemos como congregamos —

do melhor jeito. E cheias de Deus, e alegria, e pecados, e

o doce bolo de ponta-cabeça. E quando eles me perguntam,

O que há nos olhos de seu amor? Digo-lhes. Melões
                                              [selvagens,

verde sobre verde sobre verde. Ela e eu

comemos os melões, começando pelos corações

suculentos, seguramos as sementes miúdas em nossas
                                              [bocas

como novos olhos, esperando elas se abrirem

e nos verem primeiro.

Lobo OR-7

> *Quando deixou a alcateia para encontrar uma*
> *parceira, o sétimo lobo encoleirado de Oregon,*
> *batizado de* OR-7 *pelos biólogos do Estado,*
> *tornou-se o primeiro lobo na Califórnia desde 1927,*
> *quando o último de sua espécie foi assassinado*
> *em troca de uma recompensa do governo.*

Num mapa digital, a migração de OR-7 é cartografada
                              [— por um colar
de rastreamento GPS e inúmeras câmeras de trilha —
                          [uma linha azul trêmula,

sul, oeste, sul de novo,
dois mil quilômetros de Oregon à Califórnia

        para encontrá-*La: loba-cinzenta, Canis lupus,*
                        [*Loba, Amada.*

No crepúsculo turmalinoso, sigo o mesmo caminho
                             [selvagem,
impelida pelo mapa noturno, em direção aos bosques e
                        [dunas de suas ancas,

adivinhando a partir de seus rios, então cruzando-os —
provando da longa sede que anseio ser saciada por você.

        Confundo instinto com desejo — não é a
                    [*mordida* também um *toque*?

Algumas coisas não podem ser mapeadas —
a cosmografia da meia-noite das suas mãos em movimento,

a constelação segurando as deusas
de sua mandíbula e orelha.

Você me conta que tira sonecas lupinas, e eu
[devenho lupanar.

Os ombros de uma loba-cinzenta são mais estreitos que
[os de um macho,
mas nosso mythos de ombros começou antes de eu
[saber disso,

quando abri minha boca na sua

enquanto nos espremíamos contra as portas de vidro da
[casa do penhasco
e mirávamos as sombras da baía martelarem

o sino de bronze da superlua.

Minha mente escalou o sobe, desce, sobe de suas costas
[nuas.
Em mim, uma alcateia surgiu e sumiu

sobre a colina de meu coração.

Eu também segui até onde retorno eternamente —
Ela.

E, em algum lugar nas trevas
de uma câmera remota de visão noturna,

a melodia verde e trêmula dos animais.

Tinta-luz

Nós nos movemos no mundo de neve-cromada: Feito-
-bicho. Feito-corça. Um alfabeto. Ao longo de uma viela
branca como a luz de um poste inverno adentro, cami-
nhando —: feito linguagem, um novo texto. Toco-a com
os olhos de minha pele.

O modo como leio qualquer amada —: do ramo da man-
díbula esquerda até o cuneiforme do pé direito. Ela não
é tanto o que ela é —: e só se torna ela mesma quando
acrescida ao espaço em que não está. O que é o toque —:
nem o toque nem a mão, mas o fulgor branco por meio do
qual ele flutua.

Eu listo para ela meus desejos, marco-a —: pegadas em
forma de casco através da página congelada. *Quatro ra-
jadas crepusculares. Carvão negro, Luz negra, Osso negro,
Cola animal* —: Sou a alquimista da tinta. Ela me respon-
de, *Mercúrio*,

e o barulho de suas botas sobre a neve é o peso de uma
ave noturna dobrando o galho azul-meteoro que frutifica
chamas brancas de algodão. Cada um de seus passos, um
alógrafo —: pássaro, membro fletido, perfeita linha de
vértebras, o glifo de minha pélvis.

Quando cravo meus dentes em seu pulso, o mundo vira
totalmente branco. Não o som, mas o náutilo vertiginoso
do que é tanto a palma quanto a orelha. Inventei sua mão
nesta textura —: um grafema.

Em mim, um sentimento —: flor branca com um icosaedro de faces rubras dentro do vagão aveludado de um trem de ouro, vibrando o túnel violeta de minha garganta em direção à estação turva de meu peito —: vinte assentos de desejo, e estou sentada em cada um deles.

Queimo nas faíscas prateadas do sopro que sai de seu corpo. O milagre. Não. O poder e sua glória glória glória —: ela expira. Fora —: Fora —: vinte assentos vermelhos de desejo, quebro todos eles. Uma série de ondas contra o martelo a bigorna o estribo —: uma vibração de luz que consigo agarrar com a boca.

Os mustangues

Em outra vida, meu irmão mais velho foi um lindo e musculoso garoto que, se estivesse parado de pé, conseguia saltar para pegar um lançamento perdido direto do aro e, então, ou esbarrar em alguém à espera no garrafão para um contra-ataque rápido, ou saltar de novo e acertar a cesta para marcar dois pontos fáceis. Tinha tornozelos finos, pernas longas e magras, nas panturrilhas músculos bem definidos como punhos cerrados e partidos como corações de ponta-cabeça — pernas de corredor, pernas de saltador, pernas de índio. Ele também tinha o tronco de um homem mojave — peito e ombros largos, braços e mãos que caíam até a altura dos joelhos, *como estilingues* é o que minha mãe diz, querendo dizer, *ele é um lutador*.

Jogava basquete juvenil pelo colégio de nossa pequena cidade, os Needles Mustangs. Eles vestiam azul royal e branco. Um mustangue azul e brilhante foi pintado na frente do ginásio, outro foi pintado dentro na parede de tijolos, e um terceiro foi pintado no círculo no meio da quadra de madeira. Mustangues. Associo-os com basquete. Nunca os senti em mim — cascos troando como o clima em meus ouvidos e esterno, abalos de músculos como raios em minha garganta — da mesma maneira que meu irmão deve ter sentido aquelas manadas debandando suas veias durante aqueles anos, e fez o seu melhor para domá-las.

Amo mais meu irmão em memórias como esta: estou sentada nas arquibancadas bambas do ginásio dos Needles

Mustangs com minha mãe, meu pai, e todos meus irmãos, assistindo a meu irmão correr com a música de aquecimento "Thunderstruck" da banda AC/DC. Começa com um berro confuso, semelhante a um coro, seguido pelo golpe da palavra *thunder* e então *thunderstruck*. A palavra *thunder* é bramida quinze vezes, seguida por dezenove gritos de guerra: *thunderstruck*.

Vestindo conjuntos esportivos azul-mustangue, meu irmão e seus colegas de time — alguns deles da nossa reserva indígena — eram só estilo e fineza. Seus tênis mal tocavam o chão. Eles rodavam a quadra duas vezes antes de atravessá-la e entrar em formação, enquanto "Thunderstruck" preenchia o ginásio. Eram tudo o que jamais poderiam ser — jovens reis e conquistadores.

Ao som da música, faziam jogada após jogada, passavam a bola entre eles como se fosse um planeta, puxavam-na e devolviam-na ao chão, como Marte em suas mãos. "Thunderstruck" tocava tão alto que eu não conseguia ouvir o que minha mãe gritava para animar meu irmão — só via sua boca abrindo e fechando. Eu tinha dez anos e me dei conta ali mesmo, naquelas arquibancadas que trovejavam como pistolas, que esse jogo tinha o poder de aquietar o que parecia tão ruidoso em nós — que talvez esse jogo tivesse o poder de libertar os animais fantásticos que atropelam nossos corações. Vi isso em minha mãe, em meu irmão, naqueles garotos selvagens. Corremos pra lá e pra cá ao longo de nossas vidas, todos nós, iluminados pelas luzes do ginásio, em direção à liberdade — nós, Mustangues. Naquelas noites, éramos perdoados por tudo o que ainda faríamos de errado.

Ode às ancas da amada

Sinos são elas — moldadas no 8º *dia*, *percussão*
prateada pela manhã — *são* a manhã.
Balanço batida badalo. Segura o dia um pouco
mais, mais lento, mais *suave*. Chama por mim —
*I wanna rock, I-I wanna rock, I-I wanna rock
right now* — então a elas eu vou — sem palavras,
carrilhão-cego, dobrando com uma garganta cheia de
[Hosana.
Quantas horas curvada diante desta Trindade de Graça
Infinita? Comunhão de Pélvis, Sacro, Fêmur.
Minha boca — anjo terrível, novena eterna,
devoradora em extâse.

Ó, os lugares onde as deitei, ajoelhei e colhi
o âmbar — mel célere — de suas brechas,
Ah Muzen Cab e seu Templo oculto de Tulum — serena,
lambi o visco das ancas dela, *ossa coxae* vibrante
de calor. Escrava deslumbrada do *ílio e ísquio* — nunca
[me canso
de chacoalhar esta colmeia silvestre, partir com o dedão
[o pingo doce
do favo — orifício hexagonal ardente, diamante negro —
para sua rainha de néctar dervixe. Língua mênade —
vem-*ébria* zunir-encantada extratora-de-mel — por suas
[ancas,
eu sou — canção dedilhada e súcuba.

Elas são o signo: quadril. E a consignação: um grande
[livro —

a Bíblia do corpo aberta até as Boas-Novas do Evangelho.
Aleluias, Ave Marías, madre mías, ay ay ays,
Ay Dios míos, e hip hip hurra.

Culto do Cóccix, *Culto de cadera,*
Oráculo Orgástico, o teste de Rorschach:
O que eu vejo? Ancas:
Osso inominável. Osso da sorte. Osso órfico.
Osso da transubstanciação — ancas de hóstia,
coxas banhadas de vinho. *Diga a palavra e serei curada:*
Borboleta de osso. Asas de osso. Roda-gigante de osso.
Bacia de osso trono de osso lume de osso.
Aparição na gruta de ossos — 6º mistério,
escorregadia miçanga do rosário — *Deme la gracia* de
[uma década
neste jardim de flora carmina. Exila-me
no imenso pomar de Alcínoo — fruto picante,
árvore carregada — emparaísa-me. Porque, Deus,
sou culpada. Frenética pelo pecado, repleta de dentes
atrás de pera e maçã e figo.

Mais do que tudo isso são tuas ancas.
Elas são a cidade. São o Reino.
Troia, o cavalo oco, uma tropa de desejo —
trinta soldados no ventre, dois na boca.
Amada, teus quadris são a batalha.

À noite tuas pernas, amor, são bulevares
guiando-me indigente e faminta até teu doce
lar, tua mansão barroca. Mesmo que me atrase
e as mesas já tiverem sido limpas,
na cozinha de tuas ancas, deixa-me comer o bolo.

Ó, constelação de planar pélvico — cada curva,
um esplendor, um astro. Mais infinito ainda, tuas ancas
sãos cósmicas, são o universo — carrossel galáctico de
                                        [cometas
incandescentes e grandes Big Bangs. Millenium Falcon,
deixa-me ser teu Solo. Ó, planeta cálido, deixa-me
circungirar. Ó, galáxia espiral, estou indo
atrás de tua matéria escura.

Ao longo de *las calles de tus muslos* perambulo,
sigo o desfile pulsátil como uma escola de bateria —
desço até a tua Plaza de Toros —
mãos latejantes feito bois Miúra, Isleros negros.
Teus quadris arcados — *ay, mi torera*.
Pelo extenso corredor, tuas paredes úmidas
me guiam como um *traje de luces* — tudo cintila, brilha.
Sou a fera nascida para apressar tuas muletas
escarlates — cada sopro, cada suspiro, cada gemido —
um chifre enganchado de libido. Minha boca em tua coxa
interna. Aqui devo adentrar-te, *mi pobre
Manolete* — apertar-te e partir-te como uma chaga —
fazer com que a aglomeração convulsa na arquibancada
de tua crista ilíaca erga-se em ti e ovacione.

Dez motivos pelos quais indígenas são bons de basquete

1.
Pelo mesmo motivo que somos bons de cama.

2.
Porque, há muito tempo, o Criador nos deu uma escolha: Você pode escrever como um deus Indígena, ou pode ter um arremesso mais doce do que uma garrafa de um litro e meio de suco de uva do governo — uma coisa ou outra. Todo mundo, menos Sherman Alexie, escolheu o arremesso.

3.
Sabemos como bloquear arremessos, como enfiá-los na sua goela abaixo, porque quando você diz, *Atira*, nós ouvimos obuses e canhões Hotchkiss e rifles Springfield Modelo 1873.

4.
Quando basqueteiros indígenas suam, emitimos um perfume de tortilha e desinfetante Pinho Sol que funciona como uma poção para desorientar nossos oponentes e fazê-los esquecer suas jogadas.

5.
Crescemos sabendo que não há diferença entre uma quadra de basquete e uma igreja. Sério, os membros da Igreja do Nazareno realizam o culto no ginásio da aldeia durante as tardes de domingo — o coro entoa "In the sweet by and by" no quarteirão ao lado.

6.

Quando Walt Whitman escreveu *O mestiço amarra suas botinas leves pra competir na corrida*, ele realmente quis dizer que todos os homens indígenas acima de quarenta anos têm um par vintage de Air Jordans no armário e acreditam que são sapatos mágicos — o suficiente para fazer com que até mesmo o corpo mais obeso dê um salto no ar e finalize com uma bandeja.

7.

Indígenas não têm medo de tentar ganchos em jogos de verdade, embora nenhum indígena jamais tenha feito um gancho, ou ao menos nenhum indígena de uma aldeia reconhecida federalmente. Mas, ainda assim, nosso atrevimento em tentar ganchos durante o aquecimento provoca medo em nossos oponentes, dando-nos uma vantagem psicológica.

8.

A quadra é o único lugar onde nunca passaremos fome — aquela rede é um vazio que podemos preencher o dia inteiro.

9.

Nós fingimos que jogamos cada jogo por um cobertor Pendleton, e o MVP recebe um cheque per capita do tamanho de Mashantucket Pequot.

10.

Na real, todos os indígenas são bons em basquete porque uma bola de basquete nunca foi só uma bola de basquete — sempre foi uma lua cheia nesta treva terminal, o único farol traseiro do Ford Granada de Jimmy Jack Lata Alta cortando as estradas de terra para comprar cerveja, o coração do Criador que aquele Coiote roubou da pira funerária, condenando-o a caminhar sozinho em cada crepúsculo coral. Sempre foi para uma cabaça gorda que cantamos, o seio esquerdo de uma mulher mojave após tomar três Budweisers em um sábado à noite. Sempre será uma bala brilhante e lisa que podemos lançar a partir da linha de 3 pontos com 5 segundos restantes em um relógio no ano de 1492, e conforme ela rasga a rede, nossos inimigos caem de joelhos, com seus LCAs rompidos.

Aquilo que não pode ser interrompido

A cinza pode te lavar,
        tão alcalina quanto um luto.

Minha pesquisa na internet a chama de: *um desinfetante*.
        Mas a vida é uma pesquisa mais rápida,
                [e inevitável.

Índia suja — uma frase soprada como poeira de magnetita
        contra os ossinhos de meu ouvido, tantas vezes,
                [e soturna.

Às vezes, acreditei neles — olhava ao redor
        da minha reserva, do nosso quintal, nossa casa —
        Suja, eu dizia,

como se eu fosse uma médica com um diagnóstico,
        só que eu era a condição.

Toda a minha vida trabalhei,
        para ficar limpa — na América, ser limpa é ser boa.
        Ser limpa é a moedura.

Só que meu deserto é feito de areia, minha pele,
        a cor da areia. Ela vai em todo lugar.

América é a condição — do sangue e dos rios,

do que podemos derramar e de quem podemos derramar.
        Um *sonho* eles dizem, isso é que é ser *Americano*.

Lá em casa, acreditamos em sonhos,
acolhemos o que acontece em quatro vezes como sorte.

Quatro iterações de qualquer coisa em um sonho —
Uma sombra, um ancestral, um gesto, uma nuvem.

Quatro codornizes gordos fazendo um campanário do
[pé de algaroba.
Quatro mãos levando bacuraus ao longo de um tear
de fios elétricos.

Tive um sonho recorrente por toda a minha vida: É noite.
Estou em um campo de dunas no limite da reserva,
cuidando de cada monte azul-cróceo e liso,

imperturbável. Cada partícula de quartzo em seu lugar —
mas um bebê chora no berço de madeira verde,
ou uma pessoa briga com outra,

um rádio trêmulo, um cão destemperado.

Rogo por silêncio: movo as dunas suavemente com as
[mãos
e *Por gentileza*, o que não é uma invocação por paz.

Piso leve. Estou segurando o fôlego, sustentando,
para evitar que tudo mude.

E então acontece. Através do que era perfeito
um entulho carbonizado é peneirado —

vergalhões emaranhados, cercas rasgadas, embaralhadas,
chapas de metal, oxidadas e cortantes,
partindo a areia como se fosse minha
[própria pele.

Sinto toda essa sucata no meu corpo — um crescente
[selvagem.
Não consigo parar o evento. A ferrugem está em
[mim,

como quando uma ferida profunda se cura — cintilante,
[aberta.

Não há nenhum padrão de quatro neste sonho,
apenas *terra e seu movimento.*

As dunas e como elas são levadas, rearranjadas
e reconhecidas, grãos soltos, a miríade de miríades
de Arquimedes, peneirando-se em um rio
[de cobre —

saltação, chamam, do latim *saltare*, que significa *pular* ou
[*saltar.*
Não é isso o que fazemos na página?

John Ashbery morreu hoje, e amanhã é meu aniversário.

Talvez a morte seja uma forma de limpar o *self* do corpo
para finalmente celebrá-lo. Uma celebração
[deve deixar uma bagunça.

Ó, pira acesa de minha ansiedade,
    a cinza-prateada que agita forte em meu peito e
        [minha testa.
    O médico perguntou, *Você tem uma*
        [*sensação de pânico?*

Em vez de responder, escrevi: Do que você chama um
        [grupo de minhocas
senão de *desassossego,* senão de *deslumbramento*?

Isso foi antes de eu saber que uma duna tem uma *face*
        [*lisa* e uma *depressão.*

Li mais Ashbery hoje do que quando ele estava vivo —
    É verdade que a vida pode ser qualquer coisa,
        [*mas certas coisas*
    definitivamente não são a vida,

como os cavalos de açúcar vermelho e seus olhos de satélite,
    enrolando-se enfermos sob o convés
    do próprio corpo, o navio deles.

Sabemos como falar com nossos conquistadores, não é?

E se você sussurrar no longo ouvido de um deles,
    disser, *Querido Ocupante, Querido Casco*
    e Rígido Galope Verde.

Depois contar a eles uma história sobre as latitudes dos
        [cavalos —
    um lugar tão quieto que nem mesmo o vento vai
        [até lá.

Que, se eles não conseguirem se recompor, não pararem
[de te zoar —
aqueles animais — não pararem de carroçar
seu sangue até o hipódromo,

talvez tenhamos que levá-los lá, até um vasto meio, guiá-los
sobre o convés,

e longe do deserto entregá-los ao mar,
assistir às lentas dunas verde-gris se abrirem
e partirem tudo, o que não pode ser
[interrompido.

A primeira água é o corpo

O rio Colorado é o rio mais ameaçado dos Estados Unidos — e também é uma parte do meu corpo.

Carrego um rio. É o que sou: *'Aha Makav*. Isso não é uma metáfora.

Quando um mojave diz *Inyech 'Aha Makavch ithuum*, estamos dizendo nosso nome. Estamos contando uma história de nossa existência. *O rio corre pelo meio do meu corpo*.

Até aqui, eu disse a palavra *rio* em todas as estrofes. Não quero desperdiçar água. Devo preservar o rio em meu corpo.

Em estrofes futuras, tentarei ser mais cuidadosa.

✳

Os espanhóis nos chamavam *mojave*. *Colorado*, o nome que deram ao nosso rio porque era de um lodo-vermelho-espesso.

Indígenas sempre foram chamados de *vermelhos*. Nunca conheci um indígena vermelho, nem mesmo em minha reserva, nem mesmo no Museu Nacional do Índio Americano, nem mesmo no maior powwow em Parker, Arizona.

Moro no deserto ao longo de um rio azul represado. As únicas pessoas vermelhas que vi são turistas brancos queimados de sol depois de terem ficado por muito tempo na água.

✳

'Aha Makav é o verdadeiro nome de nosso povo, dado a nós por nosso Criador que soltou o rio da terra e o construiu em nossos corpos vivos.

'Aha Makav significa *o rio corre pelo meio do nosso corpo, do mesmo modo como corre pelo meio de nossa terra.*

Essa é uma péssima tradução, como todas as traduções.

Nas imaginações americanas, a lógica dessa imagem se prestará ao surrealismo ou ao realismo mágico —

Americanos preferem um índio mágico vermelho, ou um xamã, ou um índio falso em um vestido vermelho, a um indígena de verdade. Mesmo uma indígena de verdade que carregue o azul perigoso e pesado de um rio em seu corpo.

O que ameaça pessoas brancas costuma ser considerado um mito. Nunca fui verdadeira na América. A América é o meu mito.

✳

Jacques Derrida diz, *Todo texto permanece em luto até ser traduzido.*

Quando mojaves dizem a palavra para *lágrimas*, nós retornamos à nossa palavra para *rio*, como se nosso rio fluísse de nossos olhos. *Um grande lamento* é como você poderia traduzir. Ou *um rio de lástimas*.

Mas para quem é essa tradução? Eles virão até o funeral de quatro noites da minha língua para prantear o que foi perdido em meus esforços de tradução? Quando eles beberem meu rio até secar, se juntarão à procissão de luto através do nosso deserto branqueado?

A palavra para *seca* é diferente em muitas terras e idiomas. A dor da sede, contudo, pode ser traduzida para todos os corpos ao longo dos mesmos caminhos — a língua, a garganta, os rins. Não importa que língua você fale, não importa a cor da sua pele.

✳

Nós carregamos o rio, seu corpo d'água, em nosso corpo.

Não pretendo insinuar um vínculo visual. Por exemplo: uma mulher indígena de joelhos segurando um pacote de manteiga Land O'-Lakes, cujo rótulo traz a imagem de uma mulher indígena de joelhos segurando um pacote de manteiga Land O'-Lakes, cujo rótulo traz a imagem de uma mulher indígena de joelhos...

Nós carregamos o rio, seu corpo d'água, em nosso corpo. Não pretendo invocar o efeito Droste — isto não é a imagem de um rio dentro da imagem de um rio.

Digo *rio* como um verbo. Um acontecimento. Está se movendo comigo neste exato momento.

✳

Isso não é justaposição. Corpo e água não são *duas coisas diferentes* — eles estão mais do que *próximos ou lado a lado*. Eles são a mesma coisa — corpo, ser, energia, oração, corrente, movimento, remédio.

O corpo está além dos seis sentidos. É sensual. Um estado de energia extático, sempre a ponto de rezar, ou de entrar em qualquer rio de movimento.

A energia é um rio em movimento movendo meu corpo movente.

✳

No pensamento mojave, corpo e terra são a mesma coisa. As palavras são separadas somente pelas letras 'ii e 'a: *'iimat* para corpo, *'amat* para terra. Em conversas, utilizamos uma forma abreviada para cada uma delas: *mat-*. A menos que você saiba o contexto de uma conversa, talvez não saiba se estamos falando sobre nosso corpo ou nossa terra. Talvez você não saiba qual deles foi ferido, qual deles está se lembrando, qual está vivo, qual foi sonhado, qual precisa de cuidado. Talvez você não saiba que queremos dizer as duas coisas.

Se digo, *Meu rio está desaparecendo*, também quero dizer, *Meu povo está desaparecendo?*

∗

Como posso traduzir — não em palavras e sim em crença — que um rio é um corpo, tão vivo quanto eu ou você, que não pode haver vida sem rio?

∗

John Berger escreveu: *A verdadeira tradução não é uma questão binária entre duas línguas, mas uma questão triangular. O terceiro ponto do triângulo é o que está por trás das palavras do texto original antes de ser escrito. A verdadeira tradução exige um retorno ao pré-verbal.*

Entre a tradução que ofereci e a urgência que senti ao digitar '*Aha Makav* nos versos acima, não se encontra o ponto onde esta história termina ou começa.

Devemos ir ao lugar anterior a esses dois pontos — devemos ir ao terceiro lugar que é o rio.

Devemos ir ao ponto da lança adentrando a terra, o rio se transformando no primeiro corpo que estoura do corpo de barro até meu corpo repentino. Devemos mergulhar, afundar, por baixo daquelas águas uma vez vermelhas e agora azuis, canalizadas e frias, os intermináveis metros de corrente de seda esmeralda envolvendo o corpo e movendo-o, veloz o suficiente para tirar ou dar a vida.

Devemos ir até sentir o cheiro da raiz úmida e negra ancorando os bancos de lama do rio. Devemos ir além, além até um lugar no qual jamais fomos o centro, no qual não há centro — além, em direção ao que não precisa de nós, mas mesmo assim nos cria.

✳

O que é esse terceiro ponto, esse lugar que rompe uma superfície, senão o sinuoso e profundo leito de ossos onde o rio Colorado corre — uma sede de dois-mil-e-trezentos--quilômetros — para dentro e através de um corpo?

Berger chamou isso de *pré-verbal*. *Pré-verbal* como no corpo quando o corpo era mais que corpo. Antes de ele poder nomear-se *corpo* e ser limitado, cercado pelo espaço que o *corpo* indicava.

Pré-verbal é o lugar onde o corpo ainda era uma energia verde-azulada esverdeando, esverdeada e azulando a pedra, o vermelho e a enchente, o peixe-navalha, o besouro e as sombras sombreadas dos choupos e salgueiros.

Pré-verbal era quando o corpo era mais que um corpo e possível.

Uma de suas possibilidades era a de segurar um rio dentro de si.

✳

Um rio é um corpo d'água. Tem um pé, um cotovelo, uma boca. Corre. Deita em uma cama. Pode lhe fazer bem. Tem uma cabeça. Lembra de tudo.

*

Se fui criada para segurar o rio Colorado, para carregar seu ímpeto dentro de mim, se a própria forma da minha garganta, das minhas coxas é pela umidade, como posso dizer quem eu sou se o rio sumir?

O que *'Aha Makav* significa, se o rio é drenado até a espinha de seus peixes, até as dunas de areia miniaturizadas de seus leitos secos de silte?

Se o rio é um fantasma, eu também sou?

A sede insaciável é um tipo de assombração.

*

Uma frase popular ou mais conhecida entre não indígenas durante o acampamento de Standing Rock era *A água é o primeiro remédio*. É verdade.

*

De onde eu venho, nós nos limpamos no rio. Quero dizer: *A água nos faz fortes* e capazes de seguir em frente, com boas energias, em direção ao que está diante de nós.

Não podemos viver bem, não podemos sequer viver, sem água.

Se envenenarmos e utilizarmos toda nossa água, como limparemos nossas chagas e enganos? Como vamos lavar o que devemos deixar para trás? Como nos renovaremos?

✳

Ter sede e beber é como alguém sabe se está vivo e grato.

Ter sede e não beber é...

✳

Se seu criador pôde colocar um pequeno pássaro vermelho em seu peito para bater como o coração, você acha tão difícil assim imaginar o rio azul correndo dentro das lentas curvas musculosas de meu longo corpo? É difícil demais acreditar que o rio seja tão sagrado como um sopro ou uma estrela ou uma cascavel ou a própria mãe ou seus entes queridos?

Se eu pudesse te convencer, seriam nossos corpos marrons e nossos rios azuis mais amados e menos devastados?

O rio Whanganui na Nova Zelândia tem hoje os mesmos direitos legais de um ser humano. Na Índia, os rios Ganges e Yamuna têm hoje os mesmos direitos legais de um ser humano. A constituição eslovena atual declara o acesso à água potável como um direito humano nacional. Enquanto isso, nos Estados Unidos, estamos jogando gás lacrimogêneo e atirando balas de borracha e prendendo indígenas que tentam proteger a água da poluição e contaminação em Standing Rock na Dakota do Norte. Ainda não descobrimos quais serão os efeitos da água contaminada com chumbo nas crianças de Flint, Michigan, que há anos tomam essa água.

✳

A América é uma terra de matemática e ciência ruins. A direita acredita que o Arrebatamento os salvará da violência imposta sobre a terra e a água; a esquerda acredita que a tecnologia, a mesma tecnologia que devasta a terra e a água, os salvará da destruição ou os ajudará a construir um novo mundo em Marte.

✳

Pensamos nossos corpos como tudo o que somos: *Eu sou meu corpo*. Esse pensamento nos ajuda a desrespeitar a água, o ar, a terra, uns aos outros. Mas a água não é externa ao nosso corpo, ao nosso eu.

Meu Ancião diz: *Corte fora a orelha, e você viverá. Corte fora a mão, você viverá. Corte fora a perna, você ainda pode viver. Corte fora nossa água, não viveremos mais de uma semana.*

A água que bebemos, como o ar que respiramos, não é uma parte do nosso corpo e sim o nosso corpo. O que nós fazemos a um — ao corpo, à água — fazemos ao outro.

✳

Toni Morrison escreve: *Toda água tem uma memória perfeita e está sempre tentando voltar para onde estava.* De volta ao corpo de terra, de carne, de volta à boca, à garganta, de volta ao útero, de volta ao coração, ao seu sangue, de volta à nossa dor, de volta de volta de volta.

Será que nos lembraremos de onde viemos? A água.

E, uma vez lembrados, retornaremos àquela primeira água, e, ao fazê-lo, retornaremos a nós mesmos, uns aos outros?

Você acha que a água esquecerá o que fizemos, o que continuamos a fazer?

Não te contaram que eu era uma selvagem?

Robyn Fenty

Eu, Minotaura

Eu sou uma invenção — alarme sombrio,
as mãos de Briareu batendo os sinos de meu sangue.
De quem sou o badalar?

Eu penso demais —
a cada manhã, a Minotauromaquia.
Pela noite balanço a foice de meus espantos,
um trabalho de colheita — de toque e
[cuidado.
Passo a madrugada e o dia queimando meus mortos —
Quem caiu na noite? O que a noite ceifou?

Eu sou todas as respostas —
uma matemática da angústia. Como qualquer lâmina
[pode resolver
o pé de algaroba para a pira.

Em meu peito sempre há um coração
[partido —
o amor e o que o amor se torna
aparece quando bem quer, e faminto.
Os campos sumiram e então os próprios gafanhotos.
Eu me curvei — chorei só na eira,
mas não pelo que arruinou o festim —
chorei pelos gafanhotos.

Sei o que é ser o apetite do próprio apetite,
cidadã do que lhe bestializa,
ousar florir o prazer das feridas —
e sangrar daquele buquê.

Uma cabeça como a minha foi moldada na sede.
Eu sonho o que é úmido ou o que pode extinguir —
aquíferos, rios, dolinas, canais.
A miragem crepuscular do lago acima de seu joelho do
[qual bebo e lambo —
minha língua enrubesce feito a orelha fluorescente
[de uma lebre.

Obedeço o que não compreendo, e então me torno isso,
o que não precisa de nenhuma compreensão.
O assombro dos limites de meu corpo —
como é facilmente dividido por um campo negro,
e o campo negro multiplicado em astros.
O tropel de uma amante constelando.

Como qualquer deserto, aprendo-me pelo que desejam
[de mim —
e sou demonizada por esses desejos.
Por isso, movo-me feito uma ferida — frutescendo e
[sempre
adocicada pelo espinho.

O amaranto gira e gira,
até lançar todos seus esporos ao vento,
até que seja apenas o que pode vir a ser.
Não existe tal coisa como o tempo ou junho,
existe apenas aquilo em que você nasceu —
apenas velando pela chuva, pela enchente,
pelo que irrompe meu ermo, meus olhos exaustos, em
encanto —
áster mojave, malva do deserto,
onde antes era um terrível vazio.

Aqui não há deus algum nessas horas-carnudas,
     embora sua mandíbula seja um templo e suas ancas
       golpeiem como um machado —
o lábris contra o qual me injurio.

       Mas você chamou por mim até aqui
             [suavemente,
no meio-dia táureo de meu corpo —
e não sem ciência.
Você ouviu agitar-me e fumegar, mesmo assim bateu
              [e entrou.
Juntas, somos da cor de ímãs,
     e também o seu feitio. Manganês, magnetita,
minérios que a luz não toca, então tocamos a luz —
     a oferecemos uma à outra
até que estejamos crivadas, vazando com ela.

     O que mais podemos prostrar
       ou deitar diante dos enormes pés de
         [nossos criadores
senão a subtração do corpo — este *Livro de chagas*.

A areia range como engrenagens entre meus dentes —
     reluzindo, pequena maquinaria do anseio.
Que pergunta posso fazer sobre o que sou?
     Tudo o que fiz e falhei em fazer.
As rugas que rasgo com minha boca de mágoas, um
         [mapa de mim mesma
esculpido em meus próprios chifres.

Eu tenho um nome, mas ninguém que o chame
[carinhosamente.
Eu sou sua indígena,
e este é meu labirinto americano.
Aqui estou, às suas coxas — poças de ablução da luz de
[lilases.
Tome meu corpo e faça dele —
uma Nação, uma confissão.
Através de você, até eu posso ser limpa.

Foram os animais

Hoje meu irmão trouxe um pedaço da arca
enrolado numa sacola plástica branca de mercado.

Ele colocou a sacola na minha mesa de jantar, desamarrou-a,
abriu-a, revelando um fragmento de madeira de
[trinta centímetros.
Deu um passo para trás e fez um gesto em direção àquilo
com os braços e mãos estendidos —

É a arca, ele disse.
Você quer dizer a arca de Noé? perguntei.
Existe outra arca? ele respondeu.

Leia a inscrição, ele me disse.
Ela diz o que vai acontecer no fim.
Que fim? eu quis saber.
Ele riu, *Como assim, "que fim?"*
O fim fim.

Então ele a ergueu. Sacudindo a sacola.
Seus dedos tinham uma textura macia por causa do
[cachimbo.
Ele segurou o pedaço assimétrico de madeira com tanta
[delicadeza.
Eu havia esquecido como meu irmão pode ser delicado.

Ele a pousou na mesa como as pessoas na televisão
pousam coisas quando temem que essas coisas possam
[explodir
ou disparar — ele a pousou bem ao lado da minha xícara
vazia de café.

Não era uma arca —
era a extremidade quebrada de uma moldura
com um adereço floral esculpido em sua superfície.

Ele pousou a cabeça entre as mãos —

> *Eu não deveria te mostrar isso —*
> *Deus, por que mostrei pra ela?*
> É ancestral — *Oh, Deus,*
> *isso é tão antigo.*

> *Certo,* eu cedi. *Onde você arranjou isso?*
> *A garota*, ele disse. *Oh, a garota.*
> *Que garota?* perguntei.
> *Você vai desejar nunca ter sabido*, ele me disse.

Vi que ele arrastou os dedos destruídos
sobre o adorno floral da madeira lascada —

> *Você deveria ler isso. Mas, Oh, você não pode levar —*
> *não importa quantos livros você já tenha lido.*

Ele estava errado. Eu podia levar a arca.
Eu podia até mesmo levar seus dedos maravilhosamente
[fodidos.
A maneira como eles quase reluziam.

Foram os animais — os animais que eu não pude levar —

eles vieram pela passarela até minha casa,
quebraram o batente da porta com os cascos e ancas,
marcharam por mim, para dentro da cozinha, para dentro
[de meu irmão,

caudas serpenteando pelos meus pés antes de
                              [desaparecerem
como cabos retráteis de aspiradores de pó para dentro
                              [das concavidades
das clavículas de meu irmão, presas arranhando as paredes,

estendendo-se até ele — gnus, porcos,
os órix com seus pares pretos de chifre,
queixadas, onças, pumas, raptores. As jaguatiricas
com rostos geométricos. Tantos tipos de cabra.
Tantos tipos de criaturas.

Eu queria segui-las, chegar ao fundo disso,
mas meu irmão me interrompeu —

      Isso é sério, ele disse.
      Você tem que entender.
      Isso pode te salvar.

Então me sentei, com meu irmão arruinado daquele
                              [jeito,
e de par em par as bestas fantásticas
iam diante dele. Eu me sentei, enquanto a água batia em
                              [meus tornozelos,
erguia-se ao meu redor, enchia minha xícara de café
antes de flutuá-la para longe da mesa.

Meu irmão — transbordando de sombras —
uma carcaça de ossos, alumiada por dente e preia,
erguendo alto sua arca no ar.

Como a Via Láctea foi feita

Meu rio uma vez era unido. Era Colorado. Aluvião
rubro e veloz. Capaz de levar

       qualquer coisa que pudesse molhar — em uma
              [urgência selvagem —

       o caminho todo até o México.

Agora está rompido por quinze barragens
por mais de dois mil e trezentos quilômetros,

canos e bombas enchendo
piscinas e regadores

       em Los Angeles e Las Vegas.

Para salvar nossos peixes, nós tiramos todos de nossos
               [leitos esqueletizados,
soltamos todos em nossos céus, em nosso áster —

       'Achii 'ahan, salmão mojave,

       Peixe-lança do Colorado.

Lá em cima, eles planam cheios de estrelas.
Você os vê agora —

grandes como deuses, flancos de um ouro esverdeado,
um lunar branco da barriga ao peito —

fazendo o caminho célere através das horas mais escuras,
ondulando o céu-aquoso de safira em uma trilha galáctica.

O rastro turvo que eles deixam enquanto fazem seu rumo
através do céu noturno se chama

'Achii 'ahan 'nyuunye —

nossas palavras para Via Láctea.

O coiote também está lá em cima, trancafiado na lua
após a tentativa falha de saltá-la, uma rede de pesca
[úmida

e vazia pendurada a suas costas —

um prisioneiro azul, sonhando

em abrir a pele sedosa do salmão com os dentes.
Oh, a fraqueza de qualquer boca

enquanto se entrega ao universo

de um corpo doce como leite.

Como a minha própria boca sonha com sede
pelas longas vias do desejo, as rotas de cem mil anos-luz

de seus pulsos e coxas.

peças do *Museu Americano da Água*

0.
Não posso te contar nada de novo sobre o rio —
você não pode contar um rio para ele mesmo.

17.
Uma gravação toca de um lugar alto,
ou baixo, flutuando pra lá e pra cá através da cadente
poeira-luz.

É uma voz fora do tempo, voz de fugacidade,
voz de vidro — ou vento. Uma melodia, quase — de lama.
Como é preciso um azul profundo para tombar pedras
[molhadas
em uma linha musical. A canção que qualquer terra produz
quando tocada e moldada pela energia verde original.
A canção, se traduzida, talvez possa soar assim:

Você foi feito à minha semelhança.

Estou dentro de você — sou você / ou você sou eu.

Vamos dizer um ao outro: *eu sou seu* —

e saber, enfim, que nós apenas seremos assim

na medida em que estivermos dispostas a salvar
[um ao outro.

4.
A única entrada do guia:

Não há guia algum.
Você construiu esse museu.
Você sempre foi
sua Musa e Mestra.

5.
A entrada é geral e gratuita
exceto pelo que as crianças pagam —
e elas pagam com os rins.

99.
De uma pintura rochosa original de Topock, Arizona,
[agora digitalizada em um
monitor montado na parede:

Diante dessa cidade, o Criador pressionou o cajado
terra adentro, e a terra se abriu —

não era uma ferida, era alegria — alegria! — !
Desta fenda saltou o florir mais radical da terra: *nosso*
[*povo —*

nós brotamos do corpo original: água,
florescendo e fluindo até ela se tornar ela mesma, e nós, nós:
Rio. Corpo.

78.
A primeira violência contra qualquer corpo d'água
é esquecer o nome que o criador lhe deu pela primeira vez.
Pior: esquecer os corpos que pronunciaram esse nome.

Um jeito americano de esquecer indígenas:
Descubra-os com Cidade. Soterre-os com Cidade.
Apague-os em Cidades com os nomes de seus ossos, até

vocês serem os novos indígenas de suas novas Cidades.
Deixem as novas torneiras correrem em celebração, em
[excesso.
Quem está sob as ruas, universidades, museus de arte?

Meu povo!

Eu aprendo a amá-lo daqui de cima, através do concreto.
La llorona avenidas afora, chorando pelos bebês
de todo o mundo, por todas as mães, incluindo o Rio,
[moídos

até as patelas e pó pela esplêndida Cidade. Ainda assim,
devemos varrer o pó, juntar nossos próprios corpos
[como
badernas de areia e memória. Quem vai escavar

nossos corpos aglomerados das margens, apanhar pedras
e gravetos cravados nos arranhões crus que escorrem por
nossas costas e coxas? Quem vai nos chamar de volta

para a água, lavar a sujeira de nossos olhos e cabelos?
Alguém pode desamassar nossas mãos, remodelá-las
do barro, nos permitir tocar a face um do outro novamente?

Alguém já respondeu? Estamos chorando
há seiscentos anos —

Tengo sed.

204.

Um diorama dilapidado da cidade de Flint, Michigan:

A cola que outrora segurou as miniaturas de crianças de
[madeira balsa
em seus lugares — ao longo das ruas, esperando na fila
[do ponto de ônibus,
em cima do escorregador em um parquinho, ou na quadra
[de basquete —
essa cola secou e descolou. Agora as crianças deitam retas
[no chão
da maquete, como se estivessem dormindo, de olhos abertos
para a visão, para o que viram através de suas bocas —
centenas de copos de barro em pequena escala rolam
[para a frente e para trás
fora do alcance das mãos, alguns se desmancharam em
[minúsculas
pilhas de pó e areia na ponta dos dedos imóveis.

23.

Rio, uma peça performática interativa:

Sente-se ou fique de pé. Feche os olhos até estarem
[parados.
Em silêncio, inspire o rio movendo-se dentro de você.
É um cheiro denso, uma cor. Toque-o — não com *as*
[mãos,
mas com toda a pele sensível. Toque-o com a carne.
Beba de si mesma até estar cheia. Dê-se conta do vazio
feito por sua plenitude... Não, não, não — Não se
[arrependa. Isso é
um museu e não uma igreja.

123.
Notas marginais, redigidas a partir dos Registros do
Congresso, Departamento de Assuntos Indígenas,
Controle de Água:

Para matar ▉ pegue a água deles
Para matar ▉ roube a água deles
           e então diga a eles quanto devem
Para matar ▉ sangre-os daquilo que neles é úmido
Para matar ▉ encontre o rio e corte sua garganta
Para matar ▉ polua a água deles com os corpos
           afogados de suas filhas boiando
           nas margens, pedaço por pedaço

205.
A água encanada dentro de cada cidade americana é
                     [chamada de água morta.

300.
Há um mictório dentro de uma cabine acortinada no canto.
A placa iluminada sobre a cortina que zune e pisca: *Doações*.

Você não tem nada para dar.

10.
Experiência Metonímica:

Existem mais de 90 mil quilômetros de aquedutos em
                         [nossos corpos —
veias, artérias — as linhas vermelhas de nossas vidas.
                                [Somos
topografias de uma cobiça sustentável — *dragões estão*
                                [aqui agora,

em nossas barrigas, no fundo de cumbuca rachada dos lagos,
olhos cheios de sangue, gastos como fios vermelhos de
[alto-falantes queimados
no sol. Temos sede. Nossa sede é uma caravana —
[peregrinos da
escassez. À medida que morremos de seca, nos jogamos
[na areia movediça
como se fosse feita de antigos mapas, aqueles que nos
[guiaram até aqui,
que nos trouxeram até essa obra-prima da sede, tal qual
[arquitetos e
artistas da prática social. Os curadores pedem que
[desmaiemos
o mais naturalmente possível, em uma pilha — então
[aqueles que vêm
depois de nós talvez sejam imersos nesta exibição de sede,
como se ela fosse deles.

Em breve.

67.
Existem conselheiros de luto no local para aqueles que
[percebem
que entraram no Museu Americano da Água não como
patronos, mas como partes de uma nova exibição.

68.
O bebedouro sopra uma fita azul metálica de sua fonte.

41.
Banners bordados de mártires, pendurados na entrada:
Uma faixa de pano e bandeira para os rios que recusaram
cidadania americana, que não falaram inglês,
por mais que tenham sido espancados e sangrados.

7.
Envie RIO seguido de # para se inscrever na pesquisa
[por mensagem de texto:

Que cara tem um dia em que você se nutre
dos corpos e carnes daqueles que caíram para sua
chegada? Uma borboleta bebericando do pescoço aberto
de um cavalo enrijecendo sob a sombra manchada
tal qual o choro de um álamo? O que significa
que a sua vida seja feita do sangue e da água
derramados por outra pessoa? Disque 1 se você não se
[importa.

874.
Maquetes de outro projeto de restauração da água:

Linhas tênues de um viaduto rodoviário e casas vizinhas.
Um lago no formato de um rim, rodeado por um caminho
[de concreto.
Esboços de uma ramada, um estacionamento, visitantes
[falsos, carros de brinquedo...

Grafitado em tinta spray vermelha sobre as plantas:

Este rio de outrora não foi restaurado ao que era —
é um rio e ainda não é um rio.

2345.*

O rio é minha irmã — eu sou sua filha.
São minhas mãos quando bebo dele,
meu próprio olho quando estou chorando,
c meu desejo quando sofro feito uma flor de iúca
durante a noite. A torrente diz: *Abra a boca para mim,
e eu lhe farei mais.*

Porque até mesmo um rio pode ser solitário,
até mesmo um rio morrerá de sede.

Sou os dois — o rio e sua vasilha.
Ele me mapeia feito aluvião. Uma rede de peixes da cor
[da lua.
Passei por ela como um fio de cobre.

Uma raiz de choupo inchando com o beber,
Estremeço cada folha em cal, cada grão em ouro,
tilinto o salgueiro na mesma canção que o rio canta.

Sou a torrente e sua lama.
Sou o corpo ajoelhado à beira d'água
deixando-a beber de mim.

200.

Você não pode beber poesia.

* A oração de uma anciã mojave, atingida na cabeça e na garganta por
duas balas de borracha enquanto orava diante de um trator e uma
fileira de pastores alemães, que latiam contra suas coleiras no local de
ainda mais um oleoduto.

19.
Costuma haver problemas na hora de escolher o idioma
[no fone de ouvido:

Makav: *'Aha Haviily inyep nyuwiich.*
Español: *A beber y a tragar, que el mundo se va a acabar.*

Eu sou fluente em água. A água é fluente no meu corpo —
ela proferiu meu corpo em existência.

Se um rio falasse português, poderia dizer:

> *O que começa na água*
> *acabará sem ela.*

Ou,

> *Eu me lembro de você —*
> *Eu não consigo esquecer*
> *meu próprio corpo.*

88. *
Você se lembra de tudo,
esculpe uma linha d'água das minhas transgressões,
e, apesar de tudo o que fiz,
você sofreu para voltar até mim.
Você alimentou os espinhos da algaroba
e o doce de seus grãos reluzentes.

Você me puxou para baixo e me soltou limpa.

---

* A última carta de amor escrita para o último rio. O desejo do último rio
era que a carta só se tornasse pública cem anos depois de sua morte.

Você me renovou, algo melhor do que bom.

Como eu, você é um corpo rápido.
Uma corrente de cobre.
Deitci-me em sua cama.
Guardei você para mim mesma
exceto que eu mesma sou você
e, em seu lugar, guardei a mim.

365.
Fotografia de um jornal sul-americano:

Empresas sediadas nos EUA compraram os direitos
à água em outros países. Essas empresas são
estranhas aos deuses daquelas águas, não foram
formadas a partir deles, nunca disseram *Gracias* para
aquelas águas, nunca rezaram para aquelas águas
nunca foram lavadas por aquelas águas.

As empresas sediadas nos EUA anunciam,
com guardas armados, *Vocês não podem mais beber
deste lago*. Em vez disso, indígenas coletam chuva, abrem
as lindas bocas em forma d'água em direção ao céu,
coletam-na em conchas curvas da cor de pêssego, em
[cabaças
partidas, nas mãos em forma d'água.

As empresas dizem, *Leiam esses documentos —
nós também compramos a chuva.*

A chuva é nossa.

210.

A Entrevista da Sede Crível:

Quando você entrou pela primeira vez no território da
[sede?

Por quantos dias você esperou na longa fila
da sede com seu jarro sujo?

Você é capaz de amar alguém —
sua mãe, seu filho, sua amante —
no meio de tanta fome e com este fogo
esticando e alongando sua garganta?

Em quantos corpos você se espremeu,
não por desejo, mas pela saliva que chupou
de suas línguas?

Você encostou a cabeça contra as milhas
e milhas de cerca de alambrado para firmar a tontura,
baixar o fôlego e bater nas têmporas,
as miragens e alucinações?

Você já considerou a sede por uma arma?

Você agora se considera uma soldada
na batalha por algo úmido?

Você se lembra quantas vezes
você não se importou quando era
a sede de outra pessoa em erupção?

E agora: Quem deveria encher seu copo
de seu próprio jarro?

211.
Há diversas opiniões sobre como beijar
se tornou criminoso. Quem não bebeu,
não implorou junto ao poço da boca de uma amante?
O amor nunca diferiu da sede,
mas agora tudo é diferente. Todos os copos
estão cheios de poeira — até mesmo nossas bocas.

3000.
A água se lembra de tudo sobre o que e pelo que viaja.
Se você já esteve na água, uma parte sua permanece lá.
É um diário de uma relação indissolúvel com o mundo.
Mas onde está a água agora? Onde está o mundo?

301.
O Show de Mágica:

Só a água pode mudar a água, curar a si mesma. Nem
[mesmo Deus
fez água. Não foi em nenhum dos sete dias. A água já
[estava aqui.
Ou talvez Deus seja água, porque eu sou água, e você é água.

11.
A arte dos fatos:

Deixe-me contar uma história sobre a água:
Era uma vez nós.
A sede da América tentou nos beber até o talo.
E aqui ainda estamos.

Não é o ar também um corpo se movendo?

Acolhe o jato rubro do falcão
    em sua mão de poeira.
Como é que sabemos o que somos?
Se não pelo ar
    entre qualquer mão e seu desejo — toque.

Eu sou tocada — eu sou.
    Esse é meu joelho, já que ela me toca lá.
    Essa é minha garganta, definida por seu alcance.

Qual pressão — o ar.
    Animando-me agora por um minuto
do tamanho de uma sala estranha.
Quem sabia que o ar podia ser tão pérfido
    de atravessar? Um antigo e ansioso oceano,

ou acordar cedo demais em uma anil
    e cúprica manhã.
Ou o marca-páginas que ela deixou
próximo ao fim do livro —
tantos azuis profundos, eufemismos
    para minhas aflições.

Às vezes não sei como cruzar
ao outro lado da ponte de átomos
    de um segundo. Exceto pelo ar

respirando-me, dentro, e então fora. De repente,
  ainda estou aqui.
Escapar deve ser como isso
tanto para o mágico quanto para o mortal —
como pulmões e ar. Um truque

de ossos e o abandonar de qualquer captura — um sopro.
Tudo é óxido férrico ou rubro esta manhã,
aqui em Sedona. As rochas, a boca de meu amor,
  até mesmo a capela e suas velas. Rubro.
Estive brava essa semana. Christian disse,
Confie em sua raiva. É um pedido por amor.
  Ou é rubro. Rubro é uma coisa

em que posso confiar — uma monstra e suas asas,
  o gado pastando as colinas de arenito tal qual
                                        [chamas.

Vagões de frenagem já foram rubros um dia,
  e também as melhores partes dos trens —
o calor e o solavanco do que prometia passar.
  Finalmente, o rubro e o fim deles.

Talvez essa vida seja um balanço ébrio
de nitrogênio e a insuportável
  atmosfera da memória.

Da distância certa, posso acolher tudo
  em minha mão — o falcão planando uma térmica,
o horizonte através do qual vários dias podem levar ao
  mar, o penhasco rubro, meu amor

revestido em uma fina camada de poeira, sua carta, até
                                  [mesmo o trem.

Cada coisa devorada por seu próprio envelope de ar.
O que nós acolhemos cresce em peso,
torna-se o suficiente ou um fardo.

Cegonhas, mafiosos e uma câmera polaroide

Eu ainda tinha uns dias de sobra no santuário de cegonhas
em Kearney, Nebraska, quando meu irmão me ligou.
                              [Eram 3:24 da manhã.
Sou eu, ele disse. *Seu irmão*. Ele havia desmontado

outra câmera polaroide e precisava que eu explicasse como
montá-la novamente. Sua voz era uma tarola, pulsante
e rápida. Ele estava chorando. Eu não queria acordar os
                              [outros visitantes,

e sabia que ele continuaria a ligar, hora após hora, dia
                              [após dia,
vida após miserável vida, até eu atender. Escorrego para
                              [fora da cama.
Me diga o que fazer. Você sabe o que fazer, ele implorou.

Eu deveria saber como ajudar meu irmão à esta altura.
                              [Eu e ele
já tivemos essa mesma conversa antes — se o amo,
se realmente o amo, por que não sei consertar

uma câmera polaroide? Em vez disso, contei-lhe sobre
                              [as cegonhas das dunas,
o jeito como dançam — mexendo-se e dando lugar uma
                              [à outra,
curvando-se, abrindo e fechando as asas,

pescoços e ombros, cachos prateados de ritmo
[esfumaçado —
mas ele não acreditou em mim. Meu irmão acredita que
[a máfia
instalou um transmissor no fundo de sua câmera polaroide,

mas ele não consegue acreditar em cegonhas dançantes.
[*Você acha que isso é uma piada?*
ele sussurra. *Tô falando da porra de mafiosos.*
Você provavelmente é a próxima. Ele desligou na minha cara.

Naquela madrugada, mirei minha câmera digital para
[o céu
até a última das cegonhas atrasadas se erguerem em
[direção ao ar
metálico — eu não conseguia tirar os olhos das lentes,
[meu dedo

depressa dispara contra o esqueleto da câmera.
[Perguntava-me
como ela seria aberta, desmontada até seus espelhos
[invertidos
e alavancas polidas, quantos parafusos havia, quantas
[alumiadas

cegonhas sairiam desenroladas daquela gaiola.
[Perguntava-me
como seria se as câmaras escuras do meu corpo
fossem destrancadas. Que correntes de luz poderiam
[fugir de mim e revelar

as coisas que coleto e escondo, e será que haveria alguma
[diferença
entre abertura e ferida. Sobretudo, perguntava-me onde
meu irmão continuava a arranjar aquelas malditas
[câmeras polaroide.

A cura para a melancolia é tomar o chifre

Chifre de unicórnio em pó já foi a cura para a melancolia.

O que carrega a dor nunca é a ferida
      mas o jardim vermelho costurado ao chifre
enquanto parte — e ela partiu. Torno-me rósea,
      florindo ausência — um brilhante rebate.

Brodsky disse, *A escuridão restaura o que a luz não pode*
      reparar. Tu me excitaste — rasgo rente à crina.
Quero tudo — o touro ébano e a lua.
      Venho de novo pelo chifre de mel.

A rainha Elizabeth trocou um castelo por um único chifre.
      Sirvo ao reino de minhas mãos —
Uma tropa de toque marchando o alcácer de tuas coxas
      estridente e clara como qualquer trombeta de
                         [guerra.

Chego a ti — meio besta, meio banquete.
      Noite após noite, colhemos o luxuoso *Bosque*
de Caderas, ceifamos os frutos escuros ruminando nossas
                         [bocas,
      separamos o doce do espinho.

Minha lanterneira. Tuas mãos, um pavio no bronzeado
      lume de meu seio. Roçam-me à centelha —
tremulam-me ao espanto. Em teu colo
      deixes-me deitar meus pesados chifres.

Cumpri a profecia de tua garganta, soltei em ti
a fabulosa asa de minha boca. Espectro santo,
escarlate. Deixei meu corpo e falei com Deus, retornei
scráfica — penas e chifres feitos de cobre.

Nossos corpos não são nada senão lugares a serem tomados,
como em, *Deus, ela me tomou pela garganta,*
pelo osso do quadril, pela lua. Deus,
ela me feriu com meus próprios chifres.

Cintura e balanço

Eu nunca quis quebrar —

mas as luzes da rua a vestiam de ouro.
A curva e a curva de seus ombros —
seu zumbido e sua colmeia,
sua luz do luar, sua picota —
quase me fizeram cair de joelhos.

Como posso dizer — seu âmbar.
O corpo de mel — eu o peguei nas mãos.

Oh, Cidade — onde mãos tornaram-se sacras —

a cidade dela, onde minhas mãos foram desfeitas —
foram às ruínas, à silhueta, às mariposas à mercê
da palidez de seus quadris. Ancas no cair da noite
para deixar acesa — raio encanto elétrico,
cintila e reluz — onde ansiava beber
eu bebia até ficar bêbada.

Onde nela balançava a escura Zikmund —
ela, então, uma torre de abadia.
Um seio, uma janela rosa.
Um seio, sala de alquimistas.
De onde dela veio um badalar —
a canção de jugo e coroa,
de cintura e balanço.

Desejá-la era tão próximo da prece —
eu não deveria. Mas era julho,
e em uma cidade onde desejos significam, *Lá em cima*
nós podemos nos abrir uma à outra,
a única benção que precisei dar foi *Boca* —
então dar e dar eu fiz.

Toda noite tem uma mulher para tentação.
Toda cidade tem uma fábula para fruta —
como nos jardins do castelo, onde gralhas esperavam
com os olhos vidrados nas paredes em busca de um novo
[sabor —
de figos ainda sem açúcar, mas com aquele brilho de
[berilo
o suficiente para atiçar.

Nem gralhas, mas nem tão diferente assim, eu — como
[destruo a mim mesma
até pela menos doce das coisas mais doces —
o sal dela queimou há não muito tempo em minha língua,
mas como estrelas.

Eu nunca quis quebrar — mas amar,
o hino e os sinos dela.

Mesmo agora, há noites em que subo a escada estreita
em um apartamento na Praça Hradčany, onde uma porta
[se abre
para um quarto e o figo assombreado em sua boca —
fendido, doce e aberto, tocando em mim.

Se eu viesse até sua casa sozinha pelo deserto no oeste do Texas

Jogarei meu laço de faróis
através de sua varanda frontal,

deixarei cair como uma corda de luz entrelaçada
a seus pés.

Enquanto estaciono o carro,
você amarrará e apertará o nó

de luz ao redor de sua cintura —
e lá estarei com a outra ponta

enrolada três vezes
ao redor de minhas ancas chifradas de solidão.

Puxe-me pelo mar pulsante e luminoso
de cota verde, a papoula espinhosa do capim azul,

a inflorescência branca dos sinos de iúca,
escada acima, à luz de poeira, até seus braços.

Se você me disser, *Esta não é sua nova casa
mas eu sou seu novo lar,*

entrarei pela porta de sua garganta,
pendurarei meu laço no vestíbulo,

construirei meu altar de melhores livros em sua mesa de
[cabeceira,
ligarei e desligarei a lâmpada, de novo e de novo.

Eu me deitarei em você.
Farei minhas refeições na mesa vermelha do seu coração.

Cada cumbuca fumegante será, *Do jeito certo*.
Comerei tudo,

quebrarei todas as suas cadeiras em pedaços.
Se eu tentar correr na direção do purpurar profundo da
[chuva-de-prata,

você me lembrará,
Não há para onde ir se você já está aqui,

e dará um leve tapinha no colo,
sob a luz topázia da lua através da janela,

dirá, *Aqui, Amor, sente-se aqui* — e quando eu sentar,
direi, *E aqui ainda estou.*

Até lá, Onde está você? Qual o seu endereço?
Estou sofrendo. Dirigindo pela noite

com um tanque cheio de gasolina e meus faróis
procuram por alguma coisa.

Cobra-luz

Posso ler um texto em qualquer coisa.

Ler um corpo significa quebrá-lo um pouco.

Quando meu deserto lê uma vida em voz alta
ele leva o corpo para baixo, de volta ao caliche e à argila,
um símbolo de cada vez —

o leite azul de um olho sorvido até o vazio,
uma língua desperdiçada rebobinando até sua garganta vaga,
cada vértebra destravada e arrastada sob a areia.

O corpo após si mesmo, o pós-corpo —

despido para seu banquete,
para vespas e borboletas. Sim, borboletas
deleitam-se com o néctar

e os escombros — subindo, descendo,
contra o corpo quebrado de uma cobra, em adoração.

O devoto e fervoroso trabalho de revisão.

✳

Digamos que seja tudo texto — o animal, a duna,
o vento no álamo, e o corpo.

Tudo *livro*: um formulário encadernado.
Isso também é *livro*: o esqueleto de uma cascavel

bem embainhado em sua carne oclusa.
Auge de coluna e esporão, as curvas
pretas e úmidas de osso sombrio, escuros parênteses —
[letras

flexionadas através da ravina alumiada com mica, uma
[linha.
O que é uma página senão uma persistência, uma espera
opaca — a ser marcada, e escrita?

Mesmo a cascavel é legível
por meio do golpe musculoso de seu corpo.
Uma frase, ou uma pronúncia, uma corda tesa de emoção —

serpentino sinal contra a superfície do olho
chão enluarado do deserto.

✳

Na floresta com meu amor, havia uma pele de cobra
pendurada na casca da árvore. Manga de ouro, favo de mel,
escamada com luz.

Eu a toquei delicadamente — da maneira como toco
[uma linha quando leio —
tremendo com o corpo da cobra antes de ela se entregar,
como deixar uma palavra pela seguinte — devir, e
[possível.

Dei a pele para o meu amor e disse, *Agora sou uma história —*
como a cobra, sou meu próprio futuro.

✳

Linhas são derramadas como pele de cobra — rostidas
                                            [contra
a áspera página em branco, soltas. Nem lembradas
nem esquecidas. O corpo deixa a si mesmo por si mesmo.

Cada nova linha é meu próprio corpo, tornado possível
pelo primeiro corpo, e aqui agora adentrando
as salas de nosso olho e ouvido.

O novo corpo é como a cascavel conhece a si mesma —
não como corpo a menos, mas como corpo inteiro.

✳

Você nunca deve matar uma cascavel —
uma cascavel também é humana.

✳

Americanos veneram suas obsessões de maneiras
                                            [violentas —
eles as anotam.

Americanos celebram a cascavel em rodeios de cascavel —
reúnem, matam, vendem. Prêmios em dinheiro
para a cascavel mais pesada e comprida, mais dinheiro
para o maior número de cascavéis mortas.

Cascavéis esfoladas até a cauda, torsos reescritos
em declives itálicos, a carne arqueada, escurecendo
entre a relva quase branca do prado —
a cascavel leu e interpretou, reproduziu

um clássico personagem Americano em uma clássica
fonte Americana.

✳

Na minha língua mojave, quando você deseja
a cascavel, você a chama pelo primeiro nome,

Hikwiir.
Você não conhece o verdadeiro poder da cascavel

se você nunca sentiu seu primeiro nome estirar e bater
na sua boca — tal qual um raio,

desdobrando presas do palato macio de sua mandíbula,
entregando tudo a um corpo que você deseja puxar para
[dentro:

a boca dela, a garganta dela, em sua boca e garganta,
os ombros e costelas dela —

você a dobraria ao meio se pudesse —
ancas, uma coxa tão longa, coxa, panturrilhas, tornozelos.

E depois, você é transfigurada,
desnorteada, devagar.

✳

No começo, a letra N
era a imagem de uma cobra.

Escribas fenícios a seguraram em suas mãos, oferece-
ram-na.
Eles aprofundaram as curvas do corpo
e cortaram fora a cabeça da cobra,
o que não mudou a canção do corpo.

✳

Quando escrevo meu nome
seguro o corpo frio e escamado
da cobra. Faço-o se contorcer
na página — *N*, ele canta.

Por baixo dos padrões polindo
as costas da cascavel, sua barriga pálida
brilha — página, um lugar de fome.
Alguns dias o N é silente
sem sua cabeça. É o *Hnnnh*
da espada do escriba que escuto
escrita em meu ouvido.

✳

Tenho outro nome —
Tenho um nome de cascavel.

Quando você diz meu nome, você quer dizer, *A cascavel está sentada ali, observando, esperando, por ela.*

Eu também sou *ela*.

Minha Anciã diz, *Você é como aquela cascavel. Ela é quieta, quieta. Então ataca, e é tarde demais.*

Você pode reescrever, mas não apagar.

✳

A cascavel. Eu. Somos o sinal tironiano.
Uma bobina, quase.

Nós, ligadura.

✳

Quando uma cobra engole sua presa,
uma fileira de dentes internos ajuda a passar a mandíbula
pelo corpo da presa — passando como lendo.

Passando sobre uma palavra com os dentes em nossa mente,

Escrever é ser devorada. Ler, estar cheia.

✳

A cascavel se move como uma tinta sépia.
O músculo branco da página é o que faz essas escuras
costelas passarem.
A linha óssea esmaecida está imóvel.

Em algum lugar no fundo — o chocalho de energia, o
hibernáculo.

*

Eu assisti a uma cascavel nadar no rio Colorado,
perto do Cotovelo do Diabo, onde o monstro do mar,
cujo nome não posso te contar, transformou a montanha
[em areia —
criou uma curva de 90 graus no curso azul esverdeado
[da água.

*

Sonho com cobras que desejam falar comigo.
Cubro meus ouvidos, corro.

Pulei na carroceria de uma caminhonete vermelha.
A cobra ficou em pé sobre a cauda, humana.
Ela falou com sua língua preta como um lampejo
de cabelo preto ao vento.

Ela falou comigo com aquela língua,
fazendo todos aqueles nós pretos no ar.

*

O alfabeto da mão do meu amor na escuridão,
um gesto que posso ler. Um texto-desejo.
Ela entra em mim — eu sou seu scriptorium.

✳

My Tío Facundo era de Zacatecas,
e esfolou uma cascavel em nosso quintal.
Fritou ela no disco. Ele me deu o chocalho
atado em um cordão que eu usava ao redor do pescoço.
Até que minha bisavó mojave viu aquilo,
disse, *Tire isso* aí. Perguntei, *Por quê?* Ela disse,
Você vestiria meu pé ao redor do seu pescoço?
Eu disse, *Você não tem pés*. Ela disse, *Tire isso* aí.
Ela disse, *Nós não comemos cobras. Elas são nossas irmãs.*

Ela disse, *Eu lhe dei meu nome — eu lhe nomeei.*
E eu vi sua língua como um chicote de tinta
escrever meu nome no ar.

Meu irmão, minha ferida

Ele chamava os touros da rua.
Eles vieram como um rio escuro,
uma enchente de peito e casco.
Tudo movendo-se, por baixo, estilhaço. Prendeu
seus chifres através das paredes. A luz zumbia
os furos como vespas. Minha boca
era um ninho abandonado.

Então, ele estava na mesa.
Então, nas mandíbulas do porco.
Ele não estava com fome. Estava parado.
Ele era uma maçã podre. Estava engasgando.

Então eu soquei meus punhos contra seu estômago.
Marte voou para fora
e espatifou ou floresceu.
Há quantos olhinhos vermelhos fechados naquela casca?

Ele disse, *Vejam. Vejam*. E eles viram.

Ele disse, *Erga a camisa*. E eu ergui.

Ele deslizou o garfo entre minhas costelas.
Sim, ele cantava. *Uma ferida no lado de Jesus*.
Não parava de sangrar.
Ele alcançou lá dentro
e ligou a lâmpada.

Eu nunca soube que também era uma lâmpada, até a luz
cair de mim, escorrer pela minha coxa,
voar dentro de mim, prender na minha garganta como
[um canário.
Canário na verdade significa cão, ele disse.

Ele calçou os sapatos.
Você começou isso com a sua boca, apontou.
Aonde você vai? perguntei.
Passear na roda-gigante, ele respondeu,
e escalou para dentro de mim como se eu fosse uma janela.

¿Qué me admiro?
¿Quién en amor ha sido más dichoso?

Sor Juana Inés de la Cruz

Trabalho de luto

Por que não ir agora na direção das coisas que amo?

Caminhei vagarosamente no jardim
dela —: encarei a flor preta

   dilatando seu olho
   animal.

Abro mão de minhas tristezas
da maneira que um touro abre seus chifres —: surpreso,

   e desejando descanso
   nas partes mais macias do corpo.

Como o anjo de Jacó, toquei a granada
de sua anca,

   e ela sabia meu nome,
   e eu sabia o dela —:

era *Auxocromo*, era *Cromóforo*,
era *Eliza*.

Quando os olhos e lábios são pincelados com mel
o que é visto e dito nunca mais será o mesmo,

então por que não pegar a maçã
em sua boca —:

em chamas, em fatias, direto
da lâmina afiada da faca?

Aquiles perseguiu Heitor ao redor dos muros
de Troia três vezes —: por quanto tempo devo contornar

o grande portão
entre seu quadril e joelho

até resolver a geometria rubro-áurea
de sua coxa?

Mais uma vez, os deuses colocam as enormes mãos em
[mim,
me movem, quebram meu coração

como uma jarra de barro com vinho, soltam uma besta
de alguma profundeza sombria.

Minha melancolia é encascada.
Eu, a terrível e bela

Lâmpon, uma reluzente égua devoradora presa
na manjedoura de bronze de suas clavículas.

Faço meu trabalho de luto
com o corpo dela —:

labuto para fazer os tigres esmeraldas
saltarem de sua garganta,

levo-os em flamas verdes para beber
do violeta-profundo jorrando de seu seio.

Vamos aonde há amor,

ao rio, de joelhos debaixo d'água
doce. Eu a puxo quatro vezes,

até estarmos confluentes.
Somos rearranjadas.

Eu lavo a seda e o lodo dela de minhas mãos —:
agora a quem eu parto, eu parto limpa,

eu parto boa para viagem.

Notas da autora

"DO CAMPO DO DESEJO"

Esse poema é uma série de "cartas-poemas" que Ada Limón e eu enviamos uma à outra durante um ano, em 2018.

A frase *"verde que te quiero verde"* foi tirada do poema "Romance sonámbulo", de Federico García Lorca, que também é referenciado no verso *"soy una sonámbula"*.

"MANHATTAN É UMA PALAVRA LENAPE"

Poema escrito durante uma microrresidência no Ace Hotel em Nova York, a convite e com a generosidade de Alexander Chee. Pediram-me que passasse uma noite no hotel e escrevesse alguma coisa.

O primeiro verso conversa com o poema de Anne Sexton "The truth the dead know" [A verdade que os mortos conhecem], em que ela escreveu, "It is June. I am tired of being brave" [É junho. Estou cansada de ser forte].

O "mundo cintilante" é um modo como a história da criação mojave foi traduzida, uma vez que a terra ainda estava úmida, rochas e poeiras cintilavam. Também é uma tradução comum para a história de origem dos diné, e algumas outras histórias indígenas que me contaram.

"ARITMÉTICA AMERICANA"

Essas estatísticas são de relatórios do Departamento de Justiça estadunidense. O relatório muda ano a ano, apesar de os números permanecerem baixos em relação à população indígena e altos em relação às violências que pessoas indígenas sofrem. É possível que outros relatórios apresentem números diferentes, ou que, aplicando diferentes configurações e equações, essas estatísticas produzam resultados diversos. Esses são os números e as estatísticas com os quais trabalhei quando escrevi o poema.

O verso "A polícia assassina mais indígenas do que qualquer outra raça" é baseado em estatísticas per capita, conforme afirmado nos versos seguintes do poema. Ele foi escrito em reconhecimento, em solidariedade e em conversa com a violência policial perpetrada contra as pessoas negras e marrons dos Estados Unidos.

"PELE-LUZ"

Esse poema foi escrito em celebração aos jogos de bola e quadras originais, onde agora se localizam a América do Sul e a do Norte. Tais jogos eram as primeiras versões do basquete e do futebol. Teotlachco foi uma importante quadra, utilizada para jogo e cerimônia.

"O LAMENTO DE ASTÉRIO"

O poema referencia "A casa de Astérion" de Jorge Luis Borges e a tradução de Robert Fagle para *A Odisseia*, que afirma que Teseu "não tinha nenhuma alegria nela", em referência à Ariadne. Ela deu a Teseu as instruções para mover-se através do labirinto: "Vá em frente, sempre para baixo..."

"COMO CONGREGAMOS"

O verso *"Às vezes me sinto veloz. Às vezes sou tão lenta"* está acenando para a canção "Sometimes I rhyme slow" [Às vezes rimo devagar] de Nice & Smooth. A letra é "Às vezes rimo devagar às vezes rimo rápido".

O verso "O que há nos olhos de seu amor?" é de Etel Adnan. O verso "Se não existíssemos, não demoraria muito até terem de nos inventar" é inspirado no livro de Hortense Spiller, *Mama's baby, papa's maybe: An american grammar book*. Seu verso original é uma das epígrafes deste livro.

"LOBO OR-7"

Esse poema foi feito enquanto eu assistia a alguns diferentes sites dedicados a registrar os movimentos de um lobo chamado OR-7.

"TINTA-LUZ"

A frase "Toco-a com os olhos de minha pele" foi tirada de um livro do arquiteto finlandês Juhani Pallasmaa, *Os olhos da pele.**

Os ingredientes em itálico listados na terceira estrofe foram tirados de uma antiga receita para tinta.

"ODE ÀS ANCAS DA AMADA"

O verso *"I wanna rock, I-I wanna rock, I-I wanna rock right now"* é da canção "It takes two" de Rob Base e DJ EZ Rock.

O pomar de Alcínoo é mencionado e descrito em *A Odisseia*. Era a última parada de Odisseu antes de retornar para casa.

A estrofe final é sobre o toureiro espanhol Manuel Laureano Rodríguez Sánchez, conhecido como Manolete, para quem Lorca escreveu vários poemas. Ele morreu em sua última temporada de touradas. Enquanto matava o touro Miúra chamada Islero, o touro o chifrou.

"AQUILO QUE NÃO PODE SER INTERROMPIDO"

Esse poema faz parte de uma série escrita com Ada Limón. A frase *"terra e seu movimento"* foi tirada de uma carta que Ada escreveu para mim, à qual estava respondendo.

"Você sente uma sensação de pânico?" é uma pergunta

---

* Edição brasileira em tradução de Alexandre Salvaterra, São Paulo: Boookman, 2011. (N.T.)

que o médico fez quando fui à sala de emergência com um ataque de ansiedade.

"É verdade que a vida pode ser qualquer coisa, mas certas coisas / definitivamente não são a vida" são versos do poema "Life is a dream" de John Ashbery.

"*Querido Ocupante*" é um termo que um estudante palestino usou para se referir a Israel em um poema que escreveu e leu para nós na Faculdade de Artes e Ciências de Al-Quds Bard na Jerusalém Oriental, Cisjordânia, onde eu era convidada do Festival Literário Palestino. Ele não é nomeado aqui para sua própria segurança.

"Rígido Galope Verde" é da canção "Horse latitudes" [Latitudes equíneas] da banda The Doors.

"PEÇAS DO MUSEU AMERICANO DA ÁGUA"

Esse lugar está em minha cabeça desde que li pela primeira vez o livro *The Water Museum* [O Museu da Água] de Luis Alberto Urrea. Esse poema não conversa diretamente com o livro de Luis, mas o título do livro fez do Museu da Água um espaço real em meus devaneios. Esse poema é uma pequena parte de como o Museu Americano da Água existe em meu imaginário.

A frase "até mesmo um rio morrerá de sede" ecoa o título de uma coleção de escritos de Mahmoud Darwish: *A river dies of thirst*.

"NÃO É O AR TAMBÉM UM CORPO, SE MOVENDO?"

É outro poema em resposta às cartas-poemas de Ada Limón. Há um aceno para Robert Creeley no fim, já que

Ada o trouxe para dentro de nossa conversa. Ele abre e termina o poema "Song" com os versos, "O que eu peguei na mão / cresceu em peso", e "O que / eu peguei na mão / cresce em peso". Eu não estava pensando no poema dele quando li a carta de Ada, mas depois de voltar aos poemas, acredito que esses versos devem vir de Creeley, ou devem ir para Creeley.

"SE EU VIESSE ATÉ SUA CASA SOZINHA PELO DESERTO NO OESTE DO TEXAS"

A linguagem desse poema saltou de *Cachinhos Dourados e os três ursos*, que eu estava remixando para minha sobrinha por telefone. Em termos de história oral, essas são algumas das frases que emergiram de minha narração: "Do jeito certo", que é o que a narradora diz cada vez que Cachinhos Dourados encontra alguma coisa que lhe serve, "comer tudo", que é o que ela faz com o mingau do bebê urso, e "quebrar todas as suas cadeiras em pedaços", já que ela quebra a cadeira do bebê urso. Por fim, "E aqui ainda estou", que é um salto de "E aqui ela ainda está", que é como eu conto o momento em que eles a encontram na cama do bebê urso. Esse também é um poema de Marfa.*

---

* Marfa é uma cidade do Texas com uma famosa cena artística local. O escritor Ben Lerner a descreve em algumas passagens de seu livro *10:04* (tradução de Maira Paula. São Paulo: Rocco, 2018). Chris Kraus também a descreve em seu livro *Eu Amo Dick* (tradução de Taís Cardoso e Daniel Galera. São Paulo: Todavia, 2019), recentemente adaptado para televisão. (N.T.)

"TRABALHO DE LUTO"

Auxocromo e *Cromóforo* fazem referência a uma carta que Frida Kahlo escreveu a Diego Rivera: "*Tu te llamarás AUXOCROMO el que capta el color. Yo CROMOFORO — la que da el color*". Ou, traduzindo: "Você se chamará Auxocromo — aquele que captura cores. Eu, Cromoforo — aquela que dá cor".

Agradecimentos

Gracias aos interlocutores e às interlocutoras, instigadores e instigadoras, contadores e contadoras de histórias, a quem devaneia, amantes e amantes das línguas, amigues y família, que fazem parte da minha imagem-paisagem, linguagem-paisagem e afeto-paisagem.

Gracias a Jeff Shotts e a equipe Graywolf por me convidarem para sua família, por sua intenção e cuidado.

Gracias aos seguintes jornais, espaços, editoras e editores que publicaram esses poemas em suas primeiras versões e públicos: *The Academy of American Poets' Poem-a-Day, The Believer, BOMB, Boston Review, BuzzFeed, Connotations Press* e *A Poetry Congeries, Drunken Boat, Freeman's, Indian Country Today, The Kenyon Review, Lenny Letter, Literary Hub, Narrative Magazine, New Poets of Native Nations, The New Republic, The New Yorker, Orion, The Paris-American, PEN America, Poesia, Prairie Schooner, Southern Humanities Review, Spillway Journal, Tales of Two Americas: Stories of Inequality in a Divided Nation,* e *thethepoetry.com.*

Gracias às seguintes fundações e pessoas que abriram suas portas e imaginações, colaborando comigo em energia e devaneio enquanto eu vagava em direção a muitos desses poemas: Jen Benka e todo o bom coração e trabalho que ela dispõe para a poesia; Alex Dimitrov, Matthew Shinoda e Samiya Bashir, que colocaram alguns desses poemas no *Academy of American Poets' Poem-a-Day*; Saeed Jones do *BuzzFeed News*, Carin Kuoni do *Vera List Center*; e a Kwame Dawes por sempre me motivar, me estimular e me ajudar a trazer o basquete para a página. *Gracias* a *la maestra* Elizabeth Alexander, que mudou a paisagem do amor, do intelecto e da imaginação para todos nós, dentro e fora da página. *Gracias* a Michael Wiegers e Copper Canyon por seu apoio.

Gracias a Patrick Lannan, Martha Jessup, Jo Chapman e a Lannan Foundation — vocês tornaram tanta poesia e linguagem possíveis para mim, incluindo este livro.

Gracias às seguintes pessoas e espaços pelos quais fui convidada, acolhida, apoiada e inspirada: Tracy K. Smith e Susan Wheeler da Lewis Center for the Arts Fellowship Hodder na Universidade de Princeton; Dana Prescott e Civitella Ranieri Foundation; Deana Haggag e United States Artists Foundation; Native Arts and Cultures Foundation; Jessica Rankin e Denniston Hill; Tyler Meier e University of Arizona Poetry Center; Alexander Chee e Ace Hotel New York Dear Reader Residency; a MacArthur Foundation; Rupert Residency Program; College at Arizona State University, incluindo minhas e meus colegas de Escrita Criativa e Jeffery Cohen, Krista Ratcliffe, Mark Searle e o presidente Michael Crowe.

Gracias às numerosas e aos numerosos estudantes, poetas, escritores, comunidades, escolas, organizações e universidades que me convidaram para seus espaços e me permitiram fantasiar, e onde li muitos desses trabalhos pela primeira vez, e onde fui alimentada por suas imaginações e gentilezas. *Gracias* a Hannah Ensor e Eloisa Amezcua por sua amizade, apoio e trabalho. *Gracias* a Christine Sandoval por me pedir para pensar, ao seu lado, sobre a água. *Gracias* a Ana Maria Alvarez e Contra Tiempo, Liz Lerman, CALA Alliance e BiNational Arts Residency por dançarem em direção à água comigo. *Gracias* a Jehan Bseiso, Omar Robert Hamilton, Nathalie Handal, Sharif Kouddous e Ahdaf Soueif, e à família da Palestinian Festival of Literature — seu trabalho torna a todos nós mais possíveis. *Gracias* às alunas e aos alunos de Al-Quds Bard e da Hebron University por compartilharem suas histórias, sonhos e rigorosas imaginações comigo.

Gracias a mis hermanas y hermanos y mi equipo, Solmaz Sharif, Roger Reeves e Rickey Laurentiis. Vocês três são minha trindade — que sorte de tê-les encontrades por meio da poesia e, então, de todes vocês terem se tornado muito mais do que poesia para mim. *Gracias* a Rachel Eliza Griffiths, Ada Limón, Kamilah Aisha Moon e Brenda Shaughnessy — *mis hermanas y mis guerreras en poesía*. *Gracias* a Christian Campbell, meu irmão em coração, imaginação e poder. *Gracias* a Fady Joudah que me ofereceu amor, paciência e carinho — não estaria onde estou hoje sem a amizade e a força que você me mostrou. *Gracias* a Mary Szybist por se devanear ao meu lado e em minha direção. *Mil gracias y amor* a Monique Cover, quem primeiro me deu o dom da poesia.

Gracias a Joy Harjo, Deborah Miranda, Heid E. Erdrich, Louise Erdrich, Kim Blaser, Ofelia Zepeda, Karen Wood, LeAnne Howe e às muitas mulheres indígenas que fizeram e continuam a fazer da poesia um lugar onde podemos existir, e que se tornaram minhas Anciãs e parentes.

Gracias ao meu mentor e amigo Dr. Bryan Brayboy, que oferece a mim e a tantas outras mulheres indígenas mais do que ele jamais saberá sobre nossa imaginação e futuro — tenho sorte graças a você.

Gracias a mi familia, Bernadette, Richard, Richie, Sis, John, Desirae, Gabriella, Belarmino, Sarah, Valentin, Serena, Franki, David, Liv, e também a minha tia Patsy.

Gracias às contadoras e contadores de histórias que vieram antes de mim, cujas energias e linguagens carrego em mim. *Inyech 'asumach' ahota. Ojalá.*

Gracias a Saretta, mi media naranja, mi manana. "Se que cuando te llame / entre todas las gentes / del mundo, / sólo tú serás tú." — Pedro Salinas.

Gracias a ti, Leitora, Leitore, Leitor, por adentrar esses poemas e torná-los — assim como as pessoas e histórias que neles vivem, incluindo você e eu — sempre possíveis.

Um rio é um labirinto é um sonho: notas do tradutor

Rubens Akira Kuana

Se a primeira água é o corpo, a primeira barragem é a língua. Sou levado a esse pensamento ao ler o que a própria autora escreve: "Essa é uma péssima tradução, como todas as traduções". Ora, como se avalia a qualidade de uma tradução? A boa tradução é aquela que foi a mais literal possível? Aquela que foi a mais inovadora ou a mais conservadora? A boa tradução foi aquela em que mal se nota a presença de quem traduziu? Em que o tradutor ou a tradutora torna-se invisível? Um fantasma? Um nome perdido na contracapa do livro? Penso que uma tradução raramente "resolve" um problema. Pelo contrário, ao menos para quem traduz, uma tradução ensina a coexistir com problemas insolúveis. Com sorte, um poema oferece diversos caminhos para sua tradução. Porém, como quase tudo na vida, é preciso escolher uma única via. Nada garante que a via adotada é a melhor para todo mundo. Uma tradução exige, entre a ingenuidade e a intuição, que se aceite o risco. Uma tradução, nesse sentido, é uma aposta. Para nós, que não somos anfíbios, um rio se conhece por suas margens: se há margem para a invenção, há margem para o erro. O que está em jogo? Eu poderia dizer: praticamente tudo. O som, a imagem, a mensagem. Minha carreira como tradutor. Mas, sobretudo, *o tom*. É possível traduzir o tom de um poema? Essa é uma grande aposta. Uma aposta que acredito partilhar com Natalie Diaz. Pois seu livro lida constantemente com o desafio de traduzir, para além das línguas, as cosmologias. Por exemplo, rios "têm" gênero? Como traduzir cosmologias indígenas para a cosmologia ocidental, para a cosmologia dos brancos?

No cenário brasileiro, posso citar o cuidado de Bruce Albert com os relatos do xamã Davi Kopenawa Yanomami. *A queda do céu* (2015) é um livro divisor de águas. Ou melhor, é um livro que *une* águas. Carrego comigo essa passagem: "Os brancos não sonham tão longe quanto nós. Dormem muito, mas só sonham com eles mesmos. Seu pensamento permanece obstruído e eles dormem como antas ou jabutis. Por isso não conseguem entender nossas palavras".* Pergunto-me: será que toda tradução é péssima porque nossos sonhos são curtos? Não sou antropólogo, tampouco branco. Meus antepassados vieram do Japão e da Europa. Me identifico como um homem amarelo. Não sou indígena. Sou fruto da mistura que muitos chamam de "América". Mistura turbulenta, como descrevem os poemas de Natalie. A violência nos transborda — nos represa: na história do continente, na formação do cânone literário moderno, dentro do próprio meio artístico. Traduzir a violência colonial talvez

---

* Kopenawa, Davi & Albert, Bruce. *A queda do céu: palavras de um Xamã Yanomami*. Companhia das letras, 2015, p. 390.

seja mais fácil do que traduzir sonhos. Talvez porque, em nossos tempos, "violência" seja uma palavra mais corrente do que "sonho". Não sei. É apenas um palpite. Se não sou capaz de traduzir sonhos e cosmologias, do que então sou capaz de traduzir?

Deixo-me afundar. Sou levado pelo fluxo. Torno-me água. Não quero traduzir somente a violência do mundo. O título desse livro, *Poema de amor pós-colonial*, me puxa com a possibilidade de que podemos construir um mundo, de fato, pós-colonial. Isto é, um mundo onde o colonialismo será extinto de vez. Um mundo onde os corpos e saberes circularão livremente. Natalie não nos fala como será esse mundo. Mas ela nos fala que, apesar do mundo atual, ainda é possível amar. Sobre o amor, direi apenas uma coisa: o amor nos pede o cultivo do cuidado. Através do cuidado, realizei a extensa pesquisa que resultou na tradução desse livro. Uma parcela dessa pesquisa está publicada abaixo, são minhas notas pessoais. Se não sou capaz de traduzir cosmologias, tento ao máximo transmitir os elementos pelos quais vislumbramos seus espectros. Espécies de plantas e peixes. Pedaços da paisagem em que Natalie cresceu. Seu contato com a terra e seus ancestrais. Em casos mais técnicos e sociológicos, prefiro acentuar o contraste entre o contexto das pessoas indígenas que vivem na terra hoje conhecida como Estados Unidos com o contexto das pessoas indígenas que vivem na terra hoje conhecida como Brasil. Palavras em inglês, como "tribe" e "Indian", conotam uma carga afetiva bastante diferente do que suas traduções literais, "tribo" e "índio", respectivamente. É importante manter essas divergências em mente, pois multiplicar as perspectivas também significa multiplicar as vozes: propiciar o dissenso. Não precisamos concordar sobre tudo. Traduções ensinam a coexistir com problemas insolúveis. Nem sempre a língua dilui. Li e reli esse livro. Em alguns versos, sei muito bem que poderia ter escolhido outro termo ou outra abordagem. Confesso que espreita certa melancolia e angústia quando não sigo as consequências de todas elas. Segundo Natalie, "a sede insaciável é um tipo de assombração". Me pego imaginando: por onde essa ou aquela palavra me levariam? Contudo, isso também me consola. Lembro que um labirinto pode ter mais do que uma saída.

Por outro lado, ainda é preciso preservar algo de comum. Natalie escreve: "Estou fazendo o melhor que posso para não me tornar um museu de mim mesma". A luta dos povos indígenas é uma luta pela memória; uma luta pelo reconhecimento; uma luta pela demarcação de territórios indígenas; uma luta pelo direito dos povos originários exercerem seus modos de existência e subsistência; uma luta pelos rios e pelas florestas; uma luta pela vida; uma luta pelo futuro deste planeta. "Você acha que a água esquecerá o que fizemos, o que continuamos a fazer?" Tudo isso toca a realidade. Mas, sobretudo, os sonhos. A luz. Será que podemos sonhar cada vez mais longe? Não é essa a fé da poesia?

Por fim, me repito: uma tradução é uma aposta. Não há garantias. Fiz minhas escolhas e seguirei as consequências delas. Um rio vai de encontro ao mar. O mar é enorme. Será que me arrependerei? Me afogarei? Lamentarei um perpétuo trabalho de luto? Parafraseando Natalie, digo para mim mesmo: Não se arrependa. Isso é uma tradução e não uma igreja.

✳

As notas abaixo estão organizadas conforme a ordem dos poemas do livro. Nem todos os poemas levam notas. Em sua maioria, as notas consistem na explicação de termos e expressões de delicada tradução, tais como acrônimos, espécies de plantas e animais ou até mesmo movimentos e gírias da dança e do basquete. As notas também almejam contextualizar referências possivelmente desconhecidas ao público brasileiro. Por exemplo, particularidades da história dos povos originários que habitam a terra hoje conhecida como América do Norte. Compreendo as notas aqui reunidas como um tipo de caderno de estudos, um material que me ajudou a tomar as escolhas que tomei. Vejo as notas aqui reunidas como o remo de uma canoa. Em uma canoa, podemos nos deixar levar pela correnteza do rio — pelo desejo do rio. O remo, por sua vez, nos ajuda a manobrar a canoa, ir mais rápido ou mais devagar. O remo nos ajuda a alcançar a margem para descansar. O remo nos ajuda a seguir adiante, rumo a novas aventuras.

"POEMA DE AMOR PÓS-COLONIAL"

erva-escorpião. "Scorpion weed, blue phacelia, wild heliotrope": a poeta se refere à planta de gênero *phacelia*, espécie *distans*. Erva nativa da região hoje conhecida como Califórnia, terra natal da poeta. Por se tratar de uma espécie que não cresce no Brasil e, portanto, sem nome popular em português, optei pela tradução mais direta, a fim de manter o caráter de captura recíproca entre planta e escorpião.*

---

* Cf. Blue Phacelia, Wild Heliotrope, Scorpionweed. Desert USA, 2021.

138

"ESTAS MÃOS, SENÃO DEUSES"

Atman. Pulsus. Atmã, do sânscrito: um dos conceitos-chave do Hinduísmo. Significa "alma" ou "sopro vital". *Pulsus*, do latim: "pulsação".*

Locomotura. Do latim *loco*: "posição", "lugar". *Motura*: "mover".

"CATANDO COBRE"

CDF. Optei pela tradução de *math-head* pelo acrônimo "CDF": "cabeça de ferro" ou "crânio de ferro".

Jerk e stanky leg. *Jerk* ("idiota", em português) é um movimento do *breakdance*. Em um tempo, a pessoa equilibra-se lateralmente sobre um dos pés e então transfere o peso do corpo para o outro pé no próximo tempo, utilizando as mãos para contrabalancear os pés e manter o ritmo. *Stanky leg* (em tradução literal, "perna fedorenta") é outro movimento do *breakdance*. Como no *jerk*, a pessoa alterna seu peso lateralmente entre as pernas. Contudo, com a perna que está livre, ela apoia apenas a ponta do pé no chão e rotaciona o pé.

Estouram, trancam e caem. *Pop, lock and drop* também é um movimento do *breakdance*. Optei pela tradução porque essa sequência verbal lembra, nos sons e nas imagens, o disparo de uma arma. O movimento consiste em levar as mãos entrelaçadas primeiro para o lado direito do quadril, então para a esquerda, e depois para cima. Quando as mãos estiverem em cima, deve-se agachar e levantar rapidamente.

---

* COOMARASWAMY, Ananda. K. *Hinduism and Buddhism*. Nova Delhi: Manohar,1999, pp. 12-3.

PD, CIB, GSW, EMT, Triplo 9, DNR, DOA. Não há equivalente em português para todos os acrônimos que a poeta utiliza. Assim, optei por mantê-los em inglês e explicar seus significados nesta nota. PD: o uso mais comum da abreviação quer dizer *Public Domain* (Domínio Público), mas também pode se referir a *Police Department* (Departamento Policial). CIB: entre os inúmeros significados, o mais provável no contexto deste poema é *Certificate of Indian Blood* (Certificado de Sangue Indígena). Trata-se de um documento emitido pelo governo estadunidense que autentifica a ancestralidade indígena de uma pessoa. GSW: *Gun Shot Wound* (Ferimento por Arma de Fogo, FAF). EMT: *Emergency medical technician* (Técnico de emergência médica). No Brasil são conhecidos como paramédicos. *Triple* 9 (Triplo 9): além de um número de emergência (999) como 190, 192 ou 193, Triplo 9 também é um código policial para um pedido de socorro urgente, por exemplo, quando um policial é ferido em campo. DNR: *Do not ressucitate order* (Ordem de não ressuscitar, ONR). Trata-se de uma ordem emitida por um médico ou médica para que o paciente não seja ressuscitado através de reanimação cardiorrespiratória. DOA: *Dead on arrival* (Morto na chegada). Jargão médico utilizado quando alguém chega morto ao hospital.

"MANHATTAN É UMA PALAVRA LENAPE"

Lenape. Os lenape são os habitantes e protetores originários das regiões hoje conhecidas como Delawere, Nova Jersey, Leste da Pensilvânia e Nova York. Muitos topônimos dessa região são de origem lenape.*

reparação. O termo refere-se às políticas públicas de reparação realizadas pelo governo estadunidense em relação às pessoas es-

---

* Cf. *About the Lenape Nation of Pennsylvania.* Lenape Nation, 2021.

cravizadas e vítimas do colonialismo. Reparações envolvem, por exemplo, a demarcação de terras e o reconhecimento de lugares sagrados aos povos indígenas.

West 29th Street. Em Nova York, as ruas cruzam a cidade de leste a oeste e seus números ascendem do sul ao norte. Isto é, se os números das ruas crescerem conforme você caminha em certa direção, isso significa que está caminhando em direção ao norte. A West 29th Street fica mais ao sul da ilha de Manhattan.

tempo de vela. Natalie escreve "candle-hour". A tradução brinca com duplo significado de "ficar um tempo de vela": tanto no sentido de esperar o tempo que a vela leva para queimar, quanto no sentido de "ficar de vela", quando alguém acompanha um casal enquanto se está sozinho, sem par romântico.

"ARITMÉTICA AMERICANA"

"Indígenas são menos do que 1 por cento da população dos Estados Unidos". Optei por referir a Estados Unidos em vez de "América", dado que esta porcentagem não se refere ao continente inteiro. Segundo dados de 2014 apresentados na ONU, a "América Latina tem cerca de 45 milhões de indígenas em 826 comunidades que representam 8,3% da população". No Brasil, vivem aproximadamente 900 mil indígenas, cerca de 0,47% da população total do país, um número proporcionalmente menor do que nos Estados Unidos.[*]

"Eu não me lembro dos dias antes da América". A partir deste verso, opto pelo termo "América" como conotação direta ao

---

[*] Cf. CAMPOS, Ana Cristina. "Relatório da ONU aponta aumento do número de indígenas na América Latina". *Agência Brasil*, 2014.

colonialismo branco no continente, que rebatizou essa terra como "América". Isto é, a origem da palavra "América" não conta a "descoberta" do continente, mas o início de sua invasão e colonização. "América" também é o termo utilizado pela autora.

raçudo. Aqui há um jogo semântico intraduzível. *Race*, em inglês, tem tanto o sentido de corrida quanto o de raça. A fim de preservar o caráter competitivo de uma "corrida racial", adotei o termo "raçudo": alguém com garra, determinação, sede de vitória.

"ELES NÃO TE AMAM COMO EU"

O título do poema, assim como alguns versos em itálico, são referências à canção "Maps" da banda estadunidense Yeah Yeah Yeahs.

"CORRE E ATIRA"

Corre e atira. *Run'n'Gun* refere-se a um estilo de jogo no basquete. O "corre e atira" ou "corre e chuta" é uma tática que consiste em ataques e contra-ataques velozes. Isto é, o foco principal não está na construção hesitante de cada jogada através de muitas trocas de passes, mas em chegar até o campo adversário o mais rápido possível e, ao sinal da menor chance de pontuação, arremessar a bola da linha de três pontos. Na cultura do basquete brasileiro, é comum o uso do termo "chutar [a bola]" junto de "arremessar ou lançar [a bola]". Os termos "tiro [de três pontos]" e "atirar [a bola]" também são utilizados. É importante frisar que

Natalie já foi uma jogadora profissional de basquete, chegando a competir internacionalmente. Uma lesão no joelho a afastou das quadras.*

aldeia. Nos EUA, os termos "tribo" e "tribal" são utilizados de forma positiva por pessoas indígenas, como demonstra o texto fonte da poeta. No Brasil, contudo, os termos trazem uma conotação pejorativa ao associar indígenas a um "estágio primitivo" ou "selvagem". Os termos "povo", "etnia" e "aldeia" são preferíveis. Segundo a socióloga Patricia Rodrigues: "o termo [tribo] é usado para reforçar o papel do indígena como um selvagem. Eu não tenho 'tribo', eu tenho um território, em Pernambuco, onde fica a minha aldeia".** De acordo com Daniel Munduruku: "Afinal, o que tem de errado com a palavra? A antiga ideia de que nossos povos são dependentes de um Povo maior. A palavra *tribo* está inserida na compreensão de que somos pequenos grupos incapazes de viver sem a intervenção do estado. Ser tribo é estar sob o domínio de um senhor ao qual se deve reverenciar. Observem que essa é a lógica colonial, a lógica do poder, a lógica da dominação. É, portanto, um tratamento jocoso para tão gloriosos povos que deveriam ser tratados com *status* de nações uma vez que têm autonomia suficiente para viver de forma independente do estado brasileiro. É claro que não é isso que se deseja, mas seria fundamental que ao menos fossem tratados com garbo. Se não pode chamá-los de tribo, como chamá-los? Povo. É assim que se deveria tratá-los. Um povo tem como característica sua independência política, religiosa, econômica e cultural".***

---

* Cf. TOWER, Nikole. "Poet Natalie Diaz traveled path from basketball to MacArthur 'genius' grant". *Global Sports Matters*, 2018.

** Patricia Rodrigues apud MARTINELLI, Flávia. "Nunca pergunte qual é a 'tribo' de um indígena". *Universa Uol*, 2021.

*** MUNDURUKU, Daniel. "Usando a palavra certa pra doutor não reclamar". *Daniel Munduruku* (blog pessoal), 2013.

garoto hualapai de Peach Springs. Os hualapai (Povo dos Pinheiros Altos) ficam na região ao sul do Grand Canyon e do rio Colorado, no estado hoje conhecido como Arizona. A maioria das pessoas da reserva indígena vive na cidade de Peach Springs, que fica a cerca de 180 quilômetros de Needles, cidade onde Natalie cresceu.*

Mão Santa. No texto fonte, *Clyde the Glide*. Clyde Austin "The Glyde" Drexler é um ex-jogador de basquete da NBA. Foi apelidado de Clyde "The Glide" por deslizar aparentemente sem esforço até a cesta (o verbo "to glide" pode ser traduzido por "deslizar"). Por tratar-se de uma referência intraduzível para o contexto brasileiro, optei pela referência ao jogador de basquete Oscar Schmidt. Seu apelido, "Mão Santa", traz o humor invocado por Natalie neste poema.

Jordan. Em tradução literal, *Jump Man* é "o homem que salta", "o homem que pula". Natalie provavelmente se refere ao logotipo criado pela Nike para promover sua linha de tênis Air Jordan, elaborada em parceria com o ex-jogador de basquete Michael Jordan. No Brasil, Jordan também pode ser uma gíria para designar alguém que chega para o jogo todo equipado (camisa de time, testeira, munhequeira etc.). Optei por traduzir "Jump Man" como "Jordan", pela referência direta a um jogador extremamente habilidoso e famoso.

"O LAMENTO DE ASTÉRIO"

A epígrafe de Hortense Spillers foi retirada do texto *Mama's Baby, Papa's Maybe: An American Grammar Book*, e também é citada por Frank B. Wildersson III em seu livro *Afropessimismo*. A título de contextualização, considerei oportuno reproduzir

---

* Cf. "About the Hualapai Tribe". *The Hualapai Tribe Website*, 2021.

o parágrafo de onde o trecho é extraído, na tradução de Rogerio W. Galindo e Rosiane Correira de Freitas: "Sou uma mulher marcada, mas nem todo mundo sabe meu nome. 'Querida' e 'Moreninha', 'Minha flor' e 'Pérola Negra', 'Tia', 'Vovó', 'Radical', 'Primeiro as Mulheres de Ébano', ou 'A Moça Negra no Palco': eu descrevo um *locus* de identidades confundidas, um local de encontro de posses e privações no tesouro nacional das riquezas retóricas. Meu país precisa de mim e caso eu não estivesse lá, teria de ser inventada".*

"COMO CONGREGAMOS"

pessoas marrons. Na longa história do colonialismo, a categoria "pessoas marrons" (*brown people*) foi criada para povos da Austronésia, Oceania, Polinésia e Melanésia. Também passou a servir para designar povos árabes e turcos. Atualmente, nos EUA, o termo reúne de indianos a indígenas.** É importante ressaltar que não há consenso a respeito do termo. No contexto brasileiro, marrom e pardo não se referem aos mesmos grupos de pessoas racializadas. Remeto à pesquisadora Lai Munihin, que divulga seu trabalho através das redes sociais. Em suas palavras, "Marrom (*brown*): é uma categoria inexistente no Censo dos EUA, ela está presente enquanto uma categoria política de discurso lá. Entendida de duas maneiras: 1) asiáticos marrons (resumidamente oriente médio e sul asiático) e 2) indígenas principalmente vindos do q se hoje chama México ou do q antigamente era chamado de México, mas hoje é dito parte dos EUA (sabe a 'marcha para o oeste'? então, Texas, Califórnia e tals). Nesse grupo

---

* SPILLERS apud WILDERSON III, Frank B. *Afropessimismo*. Tradução de Rogerio W. Galindo e Rosiane Correira de Freitas. São Paulo: Todavia, 2021, p. 60.

** Cf. AL-SOLAYLEE, Kamal. Brown: *What Being Brown in the World Today Means (to Everyone)*. Nova York: Harper Collins Publishers, 2017.

de indígenas que estão no pertencimento brown também estão os indígenas que perderam sua identidade étnica".*

laterina. "Os equídeos têm uma proteína chamada laterina que ajuda a espalhar o suor nas pontas dos pelos, aumentando a exposição ao ar e à evaporação".**

"LOBO OR-7"

lupanar. Em latim, o termo *lupanar* significa "covil de lobas", e designava prostíbulos na Roma Antiga.

"TINTA-LUZ"

Mercúrio. *Quicksilver*, além de significar mercúrio, também é um nome comumente dado a cavalos em histórias de faroeste, isto é, em histórias da colonização do Oeste estadunidense.

"OS MUSTANGUES"

Mustangues são cavalos ferais que habitam os Estados Unidos. São descendentes dos cavalos que os colonizadores europeus trouxeram ao continente.***

---

* Cf. MUNIHIN, Lai. "Questão racial nos EUA — sobre latino, brown, red e indígenas". Brasil, 14 mar. 2020. Twitter: @munihin_ e "Não estou entendendo pq indígenas estão criticando pardo ser colocado como negro". Brasil, 10 nov. 2020. Twitter: @munihn_.

** LAW, Yao-Hua. "Por que as zebras têm listras? Os cientistas que tentam responder à antiga pergunta". bbc Brasil, 2019.

*** Cf. "The history of the Mustang". *America's Mustang*, 2021.

pernas de índio. É importante frisar que, no Brasil, inúmeras pessoas indígenas são ativamente contra o termo "índio/a". Segundo o escritor Daniel Munduruku,: "A palavra 'indígena' diz muito mais a nosso respeito do que a palavra 'índio'. Indígena quer dizer originário, aquele que está ali antes dos outros".[*] Portanto, compreendo que a tradução menos controversa seria "pernas indígenas" e não "pernas de índio". Contudo, o que os poemas de Natalie sondam, de maneira aberta e ambígua, é justamente a fetichização colonialista de corpos indígenas. O poema "Dez motivos pelos quais indígenas são bons de basquete" corrobora esse argumento.

Thunder e thunderstruck. *Thunder*: em português, trovão ou raio; *To struck*: em português, atingir. Logo, *thunderstruck*: atingido por um trovão; atingido por um raio.

"ODE ÀS ANCAS DA AMADA"

"Ah Muzen Cab e seu Templo oculto de Tulum". Ah Muzen Cab é uma das divindades maias das abelhas e do mel. O Templo de Tulum foi construído pelos maias e está localizado na Costa Leste do México. Nesse sítio arqueológico, há uma escultura de uma figura com asas descendo dos céus. Presume-se que seja uma representação de Ah Muzen Cab.[**]

ossa coxae. Latim para "ossos do quadril".

"Millenium Falcon,/deixa-me ser teu Solo". Referência à série Star Wars. Han Solo é o capitão da lendária espaçonave Millenium Falcon.

---

[*] Cf. "Dia do Índio é data 'folclórica e preconceituosa', diz escritor indígena Daniel Munduruku". *BBC News Brasil*, 2019.

[**] BELLOWS, Melina Gerosa. "The Buzz in Mexico". *National Geographic*, 2011.

traje de luces. A roupa tradicional que toureiros espanhóis utilizam nas touradas.

"DEZ MOTIVOS PELOS QUAIS INDÍGENAS SÃO BONS DE BASQUETE"

Sherman Alexie. Sherman Alexie é um renomado escritor descendente dos povos Spokane e Coeur d'Alene. No Brasil, há dois livros seus publicados: *Diário absolutamente verdadeiro de um índio de meio expediente* (Rio de Janeiro: Galera Record, 2007) e *Matador índio* (Rio de Janeiro: Record, 2019), em tradução de Maria Alice Máximo e Ana Luiza Borges, respectivamente.

"quando você diz, *Atira*, nós ouvimos obuses e canhões Hotchkiss e rifles Springfield Modelo 1873". Os modelos de arma mencionados, das empresas Hotchkiss e Springfield, foram utilizados pelo exército estadunidense contra os povos indígenas.*

"In the Sweet By and By". A canção "In the sweet by and by" (No doce pouco a pouco) é um clássico do gênero country gospel. Já foi gravada por artistas como Dolly Parton e Johnny Cash.

"O mestiço amarra suas botinas leves pra competir na corrida". Este verso faz parte do famoso poema "Canção de mim mesmo" que integra o livro *Folhas de Relva*.**

Bandeja e o corpo mais obeso de todos. *Layup*, ou "bandeja", refere-se a uma jogada do basquete em que o jogador ou a jogadora carrega a bola como uma bandeja de pratos. Na área

---

* *Enterrem meu coração na curva do rio.* Direção: Yves Simoneau. Produção: Tom Thayer & Dick Wolf. Estados Unidos: HBO, 2007.

** WHITMAN, Walt. *Folhas de Relva*. Tradução de Rodrigo Garcia Lopes. São Paulo: Iluminuras, 2006, p. 6.

do garrafão, próximo à cesta, o jogador ou a jogadora lança a bola delicadamente. A bola bate na tabela e cai no aro. Por outro lado, intraduzível, a expressão *commod bod* diz respeito ao programa de auxílio alimentar do governo estadunidense: *Food Distribution Program on Indian Reservations* (Programa de Distribuição de Comida em Reservas Indígenas). Similares a cestas básicas, os pacotes distribuídos consistem em alimentos ricos em carboidratos e açúcares, tais como farinha branca, macarrão, banha e suco enlatado. Privadas dos meios de manter suas dietas tradicionais, as pessoas indígenas viram esses pacotes entrarem em seu cotidiano há décadas. O consumo desses alimentos industrializados está diretamente relacionado ao aumento de obesidade e diabetes entre pessoas indígenas. Tal fenômeno levou à criação da expressão *commodity body (commod bod)*, um *corpo feito de mercadoria*, em tradução literal.*

gancho. Movimento do basquete que consiste em ficar de costas para a tabela, protegendo a bola do adversário ou adversária. No momento oportuno, ainda de costas para a tabela, o braço faz um "gancho" no ar, fazendo o arremesso.

Wounded knee e LCA. Aqui, há um jogo de palavras intraduzível. *Wounded knee* (joelho ferido) refere-se ao massacre de Wounded Knee em 1890, quando o exército estadunidense assassinou cerca de trezentas pessoas do povo lakota. LCA é um acrônimo para Ligamento Cruzado Anterior, um ligamento do joelho.

Pendleton. Pendleton Woolen Mills é uma empresa têxtil fundada por colonizadores brancos em 1893. Sua história é conturbada e ambígua, marcada pelo conceito de apropriação

---

* VANTREASE, Dana. "Commod Bods and Frybread Power: Government Food Aid in American Indian Culture". *The Journal of American Folklore*, vol. 126, n. 499, pp. 55-69, Inverno 2013.

cultural,* uma vez que seus produtos mais icônicos — os cobertores — estampam desenhos típicos de diferentes povos indígenas. A empresa, porém, só passou a contratar artistas indígenas a partir dos anos 1990. **

MVP e Mashantucket Pequot. MVP (*Most Valuable Player*) refere-se a um título concedido ao "Jogador Mais Valioso" da temporada da NBA. O povo Mashantucket Pequot reside no nordeste dos Estados Unidos, a 200 quilômetros da cidade de Nova York. Graças à autonomia territorial indígena reconhecida pelo governo estadunidense, há um prolífero cassino na reserva dos Mashantucket Pequot.*** Segundo Mark Vezzola, "Algumas aldeias emitem pagamentos per capita trimestrais ou mensais para seus membros a partir dos lucros de empresas instaladas dentro da reserva indígena, como cassinos. A quantidade e a frequência desses pagamentos dependem de vários fatores, incluindo o sucesso do negócio, a saúde fiscal geral da aldeia e a decisão do governo indígena sobre como e quando distribuir a riqueza. Nem todas as aldeias têm cassinos, e algumas que têm cassinos ainda lutam financeiramente".****

"AQUILO QUE NÃO PODE SER INTERROMPIDO"

"Quatro codornizes gordos fazendo um campanário do pé de algaroba". Natalie refere-se a duas espécies nativas do deserto onde cresceu. O codorniz-de-gambel (*Callipepla gambelii)* é uma

---

* WILLIAM, Rodney. *Apropriação Cultural.* São Paulo: Editora Jandaíra, 2019.

** HUNT, Maria C. "The Pendleton Problem: When Does Cultural Appreciation Tip Into Appropriation?" *Dwell,* 2020.

*** "About the Mashantucket (Western) Pequot Tribal Nation". *The Mashantucket (Western) Pequot Tribal Nation,* 2021.

**** VEZZOLA, Mark. "The Myth of the Monthly Check for Native Americans". *California Indian Legal Services,* 2021.

pequena ave de hábitos terrestres.* A algaroba ou algorobeira é uma planta leguminosa do gênero *Prosopis*.**

saltação. Processo de transporte eólico ou fluvial de partículas sedimentares que saltam de ponto a ponto.

"Isso foi antes de eu saber que uma duna tem uma *face lisa* e uma *depressão"*. Em geologia, a face lisa de uma duna é aquela face sem estrias, que fica contra o vento. Já a depressão de uma duna é a região ao pé da face lisa onde menos se acumula areia, resultando em um buraco suave.***

"É verdade que a vida pode ser qualquer coisa, mas certas coisas/ definitivamente não são a vida". Estes versos fazem parte do poema "Life is a Dream" (A Vida é um Sonho) de John Ashbery. Conferir nota da autora.

"A PRIMEIRA ÁGUA É O CORPO"

powwow. São celebrações organizadas em diferentes escalas que reúnem diversos povos indígenas através da América do Norte.****

Land O'Lakes. É possível traduzir Land O'Lakes por Terra dos Lagos. A marca de manteiga trocou de rótulo em 2020.*****

* BUTCHART, S. & EKSTROM, J. Gambel's Quail. "Callipepla gambelii". *BirdLife International*, 2021.

** ANSLEY, R.J.; HUDDLE, J.A.; KRAMP, B.A. "Mesquite ecology". *Texas Natural Resources Server*, 1997.

*** "Dune". *National Geographic*, 2021.

**** "WHAT is a Pow Wow?" *Pow Wows*, 2021.

***** MCCARTHY, Kelly. "Why everyone just noticed Land O'Lakes changed its 'butter maiden' logo". *Good Morning America*, 2020.

"Eu digo *rio* como um verbo." É importante frisar que, neste caso, não almejo a ambuiguidade tradutória provida pelos humores do acaso. Não se trata do verbo "rir". Natalie se refere ao rio, ao corpo d'água, como um verbo e não somente como um substantivo. Este é o desafio que ela assume neste poema: como traduzir a cosmologia de seu povo na língua dos colonizadores?

peixe-navalha. Trata-se de um peixe nativo de água doce que vive no rio Colorado. Até os anos 1950, era parte importante da dieta indígena local. Hoje, o *Xyrauchen texanus* é uma espécie em extinção. Outras espécies de peixe também são chamadas popularmente de *razorback* (costas de navalha). Em português, os peixes-navalha também são chamados de lingueirões. Mas, na realidade, trata-se de um molusco de água salgada, o *Solen marginatus*.*

Standing Rock. Localizada no estado de Dakota do Norte, Standing Rock é uma reserva indígena sioux, lar de povos dakota e lakota. Em 2016, desrespeitando locais sagrados e acordos federais já estabelecidos, o governo estadunidense aprovou a construção de um oleoduto que atravessaria a reserva. Em protesto à construção do oleoduto, milhares de pessoas começaram a se reunir e acampar em Standing Rock. Em matéria para BBC Brasil, João Fellet diz: "Se concluído, o oleoduto Dakota Access deverá transportar até 470 mil barris de petróleo por dia por baixo do rio Missouri, principal fonte de água potável de Standing Rock e de outras reservas sioux. O oleoduto se estende por 1800 quilômetros, ligando campos de petróleo na Dakota do Norte a refinarias em Illinois. A maior parte da construção já foi concluída. Defensores do projeto dizem que ele gerará empregos na indústria petrolífera, reduzirá a dependência dos EUA de impor-

---

* LANGSTAff, Lucas. "*Xyrauchen texanus*: Razorback Sucker". In: *Animal Diversity Web*, 2021. University of Michigan.

tação de combustíveis e barateará a gasolina. [...] Para os indígenas, porém, o oleoduto tinha outra dimensão. Eles viam a obra como uma ameaça não só à água e ao bem-estar dos sioux, mas ao equilíbrio espiritual da comunidade, já que a construção poderia revirar túmulos de antepassados. E, ao se opor à iniciativa, acreditavam também enfrentar outras batalhas mais amplas: uma delas, contra os combustíveis fósseis e a degradação ambiental do planeta; outra, contra a epidemia de suicídios, o alcoolismo e a marginalização de indígenas nos EUA. [...] Sonhos, rezas e revelações eram elementos centrais do movimento em Standing Rock, e cerimônias e homenagens aos ancestrais regiam a rotina do acampamento. O oleoduto era associado a uma profecia lakota sobre uma serpente preta. Segundo a profecia, a chegada da serpente traria catástrofes para a Terra, e só uma geração seria capaz de derrotá-la. Muitos jovens no acampamento acreditavam pertencer a essa geração". Contudo, "Conforme o protesto crescia, aumentavam também as tensões. Em novembro, quando manifestantes tentaram furar um bloqueio para cruzar uma ponte, foram barrados com balas de borracha, gás lacrimogênio e canhões de água. Em outro embate, seguranças privados atacaram manifestantes com cães". Em dezembro do mesmo ano, Barack Obama revogou a licença do oleoduto.*

"EU, MINOTAURA"

Robyn Fenty, a quem é atribuída a epígrafe do poema, é mais conhecida como Rihanna.

Briareu, na mitologia grega, é um dos três hecatônquiros, gigantes com cem braços e cinquenta cabeças.

---

* FELLET, João. "Os jovens que uniram indígenas dos EUA contra oleoduto barrado por Obama e liberado por Trump". *BBC Brasil*, 2017.

amaranto. Família de plantas a qual pertence o gênero salsola. São ervas e arbustos que se desprendem de suas raízes e rodam pelo deserto. A *salsola kali* é uma espécie exótica invasora e se tornou mundialmente famosa nos filmes de faroeste, quando em cenas de duelo um arbusto seco gira na paisagem.*

malva do deserto. Natalie provavelmente se refere à espécie *Sphaeralcea ambígua*, da família *Malvaceae* e nativa da América do Norte. Trata-se de uma planta extremamente resistente à seca. "As flores são em forma de cumbuca, 5 pétalas, cor de damasco a laranja-escuro e florescem na primavera."***

"COMO A VIA LÁCTEA FOI FEITA"

Peixe-lança do Colorado. Natalie refere-se à espécie *Ptychocheilus lucius*. Nativa do rio Colorado, atualmente está ameaçada de extinção. Devido ao seu padrão migratório, os colonizadores também a nomearam de "salmão branco". Antigamente, era comum encontrar espécimes de até 1,80 m de comprimento, que lembravam um torpedo ou uma lança.***

"PEÇAS DO MUSEU AMERICANO DA ÁGUA"

Departamento de Assuntos Indígenas. *O Bureau of Indian Affairs* (BIA), é um órgão governamental estadunidense com funções similares à Fundação Nacional do Índio (FUNAI).

---

* PASIECZNIK, Nick. "Salsola kali (common saltwort)". In: *Invasive Species Compendium*, 2019. Wallingford, UK: CAB International.

** "Desert Globemallow, Sphaeralcea ambígua". *Calscape (California Native Plant Society)*, 2021.

*** "Colorado pikeminnow (Ptychocheilus lucius)". *Upper Colorado River Endangered Fish Recovery Program*, 2021.

ramada. Apesar de o nome ser uma adaptação da língua espanhola, a ramada representa a arquitetura vernacular de povos indígenas da América do Norte. Trata-se de uma construção estilo galpão, feita de troncos e galhos a fim de prover abrigo do sol durante colheitas.*

flor de iúca. Natalie provavelmente se refere à espécie *Yucca schidigera*, nativa do deserto mojave. Apesar de iúca também significar "mandioca" em espanhol, trata-se de uma planta da família *Asparagaceae*, mesma família dos agaves.**

"NÃO É O AR TAMBÉM UM CORPO SE MOVENDO?"

Sedona, conhecida por sua "pegada esotérica", é uma cidade turística do estado de Arizona.***

"CINTURA E BALANÇO"

Zikmund é a forma tcheca do nome germânico Sigmund, que significa "vitória protetora". Como outros detalhes apontam (as referências à picota medieval e à Praça Hradčany), Natalie escreveu este poema depois de uma experiência amorosa em Praga.****

---

* Cf. PRINZING, Debra. "Ramada". *Debra Prinzing's website*, 2021.

** "Mojave Yucca". *California Native Plant Society*, 2021.

*** BRASILIENSE, Fabrício. "Sedona, a cidade esotérica do Arizona". *Viagem e Turismo*, 2021.

**** GAUCHÉ, Isebell. *The A to Z of Names (Revised and Expanded Edition): Discover the promise your name holds.* Cape Town: Struik Christian Media, 2012.

"SE EU VIESSE ATÉ SUA CASA SOZINHA PELO DESERTO NO OESTE DO TEXAS"

cota verde. Natalie se refere à espécie *Thelesperma filifolium*. Da mesma família das margaridas e nativa do Texas, a cota integra o conhecimento ancestral dos povos indígenas. Preparada como um chá, ajuda a relaxar, a limpar o sistema diurético e a baixar a febre de crianças e bebês.[*]

papoula espinhosa do capim azul. Natalie provavelmente se refere à espécie *Schizachyrium scoparium*, também nativa do Texas. Conhecida pelo seu caule azul, ela é amplamente utilizada no paisagismo.[**]

sinos de iúca. existem muitas espécies de iúca. Como o poema descreve a paisagem do Texas, Natalie provavelmente se refere à espécie *Yucca baileyi*, também chamada de iúca Navajo. Segundo Enrique Salmón, a iúca "é utilizada em cerimônias indígenas e possui várias qualidades medicinais; partes da planta são comestíveis e outras partes podem ser transformadas em ferramentas e até em roupas". Ela é facilmente identificável através de suas flores brancas em formato de sino.[***]

chuva-de-prata. Ao descrever um arbusto de um roxo profundo, Natalie provavelmente se refere à espécie *Leucophyllum frutescens*. Nativa do Deserto de Chihuaha, é utilizada mundialmente no paisagismo. Sua floração é ativada pela umidade

---

[*] SALMÓN, Enrique. *Iwígara: American Indian Ethnobotanical Traditions and Science*. Portland: Timber Press, 2020, pp. 78-9.

[**] "Schizachyrium scoparium". *Lady Bird Johnson Wildflower Center*, 2019.

[***] SALMÓN, Enrique. *Iwígara: American Indian Ethnobotanical Traditions and Science*. Portlando: Timber Press, 2020, p. 218.

após as chuvas).* Vale citar a canção de Ed Wilson e Ronaldo Bastos, interpretada por Gal Costa no disco *Profana*, para fortalecer a conotação amorosa do poema: "Chuva de prata que cai sem parar / Quase me mata de tanto esperar / Um beijo molhado de luz / Sela o nosso amor".

"COBRA-LUZ"

scriptorium "Sala dos mosteiros onde se copiaram e iluminaram, ao longo da Idade Média, os livros manuscritos (códices)".**

sinal tironiano é a conjunção aditiva "e" estilizada como &, também chamada de "e comercial".

NOTA SOBRE A TRADUÇÃO DOS "AGRADECIMENTOS"

Aqui, Natalie utiliza intencionalmente a linguagem neutra, com o símbolo @ no lugar dos marcadores de gênero "a" e "o". Segundo Paula Drummond, "A língua serve à sociedade, não o contrário. Se existe uma demanda pelo gênero neutro, a gente tem que aprender a usar. O que me preocupa é que, por não estar normatizado, não tem um padrão. 'Elu' é o que mais está se falando agora, mas também tem o 'ile'. A gente não sabe se vai ficar datado ou

---

* ROJAS-SANDOVAL, Julissa. "Leucophyllum frutescens (Texas barometer bush)". In: *Invasive Species Compendium*, 2020. Wallingford, UK: CAB International.

** MARQUILHAS, Rita. "Scriptorium". E-dicionário de termos literários, 2009.

até errado daqui a alguns anos".* Em reportagem da *Folha*, Pedro Martins complementa: "Drummond lembra que, no passado, a neutralidade era alcançada pelo 'X', '@' e '_', que caíram em desuso por não serem possíveis de pronunciar e confundirem softwares de leitura usados por pessoas com deficiência visual".** Nesta tradução, portanto, optamos por utilizar "e", assim como reproduzir os substantivos duas vezes, quando necessário, com o intuito de maior inclusão. É importante frisar que o uso da linguagem neutra está em debate contínuo dentro de vários setores da comunidade LGBTQ+. A linguagem neutra também é alvo de diversos ataques de índole homofóbica, bifóbica, transfóbica e exorsexista.

---

* DRUMMOND, Paula apud MARTINS, Pedro. "Linguagem neutra, de 'amigues' e 'todes', ganha a TV, os livros e a cultura pop". *Folha de S.Paulo*, 2021.

** MARTINS, Pedro. *Idem.*

Copyright © 2020 by Natalie Diaz
Copyright da tradução © 2022 Círculo de Poemas

Publicado em acordo com a Graywolf Press e
Casanovas & Lynch Literary Agency

Todos os direitos reservados. Nenhuma parte desta
obra pode ser reproduzida, arquivada ou transmitida
de nenhuma forma ou por nenhum meio sem a
permissão expressa e por escrito da Editora Fósforo
e da Luna Parque Edições.

EQUIPE DE PRODUÇÃO
Ana Luiza Greco, Fernanda Diamant, Julia Monteiro,
Leonardo Gandolfi, Mariana Correia Santos,
Marília Garcia, Rita Mattar, Zilmara Pimentel
PREPARAÇÃO Sofia Mariutti
REVISÃO Luicy Caetano
PROJETO GRÁFICO Alles Blau
EDITORAÇÃO ELETRÔNICA Página Viva

Dados Internacionais de Catalogação na Publicação (CIP)
(Câmara Brasileira do Livro, SP, Brasil)

Diaz, Natalie
    Poema de amor pós-colonial / Natalie Diaz ; tradução de
Rubens Akira Kuana. — São Paulo : Círculo de Poemas, 2022.

    Título original: Postcolonial love poem
    ISBN: 978-65-84574-31-1

    1. Poesia norte-americana I. Título.

22-113457   CDD — 811.3

Índice para catálogo sistemático:
1. Poesia : Literatura norte-americana   811.3

Cibele Maria Dias — Bibliotecária — CRB-8/9427

1ª edição
1ª reimpressão, 2024

CÍRCULO *Luna Parque*
DE POEMAS *Fósforo*

circulodepoemas.com.br
lunaparque.com.br
fosforoeditora.com.br

Editora Fósforo
Rua 24 de Maio, 270/276, 10º andar
01041-001 - São Paulo/SP — Brasil

CÍRCULO *Luna Parque*
DE POEMAS *Fósforo*

Este livro foi composto em GT Alpina e GT Flexa e impresso pela gráfica Ipsis em maio de 2024. Ir aonde tem água, ir aonde tem água. Como pode um século ou um coração girar se ninguém pergunta, "para onde foram todos os indígenas"?

A marca FSC® é a garantia de que a madeira utilizada na fabricação do papel deste livro provém de florestas gerenciadas de maneira ambientalmente correta, socialmente justa e economicamente viável e de outras fontes de origem controlada.